16	3	2	13
5	10	11	8
9	6	7	12
4	15	14	1

MARCELO MIRISOLA

QUANTO CUSTA UM ELEFANTE?

editora 34

EDITORA 34

Editora 34 Ltda.
Rua Hungria, 592 Jardim Europa CEP 01455-000
São Paulo - SP Brasil Tel/Fax (11) 3811-6777 www.editora34.com.br

Imagem da capa:
Ana Vlajcevic/Shutterstock

Capa, projeto gráfico e editoração eletrônica:
Bracher & Malta Produção Gráfica

Revisão:
Beatriz de Freitas Moreira

1ª Edição - 2020

CIP - Brasil. Catalogação-na-Fonte
(Sindicato Nacional dos Editores de Livros, RJ, Brasil)

Mirisola, Marcelo, 1966
M788q Quanto custa um elefante? / Marcelo
Mirisola — São Paulo: Editora 34, 2020 (1ª Edição).
128 p.

ISBN 978-65-5525-004-6

1. Ficção brasileira. 2. Romance.
I. Título.

CDD - B869.3

QUANTO CUSTA UM ELEFANTE?

para Sarinha e Sofia

Só quem tentou sabe como dói
Vencer Satã só com orações

Aldir Blanc

NOTA DO AUTOR

Talvez a única invocação ou pedido que os mais conservadores e prudentes jamais se atreveriam a fazer. Eu fiz. Pedi ao diabo que fosse feita a vontade de Deus. Resultou neste livro.

Meu amor,

Eu repudio com todas as minhas forças a existência, o conteúdo e, principalmente, a "materialização" do pen-drive no quarto de hotel. Não aceito! E também não me reconheço e não a reconheço naquele maldito final de semana. Queria que você compreendesse que essa história não é nossa, que não estou ficando louco e muito menos querendo me eximir de qualquer responsabilidade. O que aconteceu, aconteceu. Não dá para voltar atrás: somente o esgoto do sobrenatural, a macumba, e a arbitrariedade, meu amor, podem explicar a sucessão de horrores que foram despejados sobre nós como se fôssemos, só nós dois, os destinatários das Sete Pragas do Egito... maldito final de semana!

Caímos numa cilada...

Além disso, o resultado objetivo dessa violência depõe contra meu estilo. Ou você acha que eu seria tão ridículo a ponto de — mais uma vez! — escrever outro livro sobre nossos azares e infelicidades? Você sabe que meu estilo tem ligação direta com meu ego, e com relação a isso não negocio nem com o diabo!

Dessa vez não! Prometo a você, e a mim mesmo que, dessa vez, nossa história não vai virar um livro.

Pois estamos falando de algo que não presta sequer para estar à margem da realidade... que dirá da ficção! Eu não seria capaz de ser tão tosco, nem contigo e muito menos com minha já comprometida "reputação"...

Você me conhece, conhece meu texto, para pra pensar: nada do que aconteceu tem qualquer relevância, élan, eu jamais assinaria um enredo tão besta... ainda mais depois dos livros que dediquei a você para me homenagear, aliás... adorei quando você disse que eu sou o "guia de turismo do meu próprio ego"... Bingo! É isso mesmo, no alvo!

Sou um ególatra, um obcecado, mas acima de tudo, você sabe... um esteta, porra! Segundo o script tacanho escrito à nossa revelia, eu morri para você e matei a chance do reencontro... mas o meu amor que talvez não tenha nada a ver comigo (consta nos manuais que sou um monstro, você realmente acredita nisso?), meu amor por você está acima de todos os pretextos e encantos quebrados, meu amor (que você esqueceu aqui) é aquele que manda uma banana para o esgoto do sobrenatural e desafia efeitos especiais, ciladas e armadilhas... e continua igual. Igualzinho. Faça o que bem entender com ele, é seu. Assim como os CDs do Belchior e as sandalinhas de hippie que você também esqueceu aqui, agora vai tudo pelo Sedex.

Beijo, Marcelo

1

— Se ele fosse bom mesmo, a casa dele ia ser apedrejada? — Mãe Valéria logo de cara desqualificou dom Juanito, El brujo. El brujo de los ricos y famosos.

Para quem não sabe, foi numa consulta com El brujo que dei o pontapé inicial em *Como se me fumasse*. Se não me engano, logo no segundo ou terceiro parágrafo, dom Juanito dá o seu recado, que mais do que um recado é o mote e o mantra do romance:

— Es su ruina, olvida a esa mujer.

Além disso, ele fez outra ameaça que eu não havia contabilizado no livro anterior; achei que era um dado desnecessário, não julguei que precisaria gastar quase uma centena e meia de páginas para encerrar uma demanda aparentemente menor:

— Suerte que vino aquí — alertou. — Se fuera en cualquier otro lugar te iban a desplumar. Despertarte, hombre! Ponete las pilas!

* * *

E foi com o intuito de ser "desplumado" ou depenado — nem tão inconsciente assim — que fui procurar Mãe Valéria. Eu jamais, mesmo sendo insistentemente ameaçado, ia conseguir esquecer Ruína, o diabo do meu coração dizia o contrário.

E por falar no diabo, foi Mãe Valéria quem fez as mesuras e me levou à presença de tão ilustre, distinta e renomada criatura. Ela quem me levou à praça matriz do meu coração, e me apresentou ao diabo.

Tava completamente à deriva e cheio de dinheiro no banco. Muito dinheiro. Uma quantidade sobrenatural que eu jamais cogitaria que um dia ia dar sopa na minha conta-corrente. De repente, virei *personnalité*, eu, logo eu, *personnalité*.

Dinheiro caído do céu: loteamentos, lojas, galpões, armazéns e postos de gasolina, fazendas de café em plena atividade, gado, caminhões e tratores e uma fortuna em espécie oriunda de precatórios que venceram coincidentemente logo depois da morte dos meus pais, herança, tudo de uma vez caído do céu na minha conta-corrente *personnalité*.

E se caiu do céu — evidentemente —, era colheita do diabo, era dele, pelo menos o que tinha no banco em espécie, era dele. E foi a primeira coisa que o filho da puta farejou: depois do desespero de ter perdido Ruína num final de semana pra lá de macabro, meu semblante de trouxa & milionário devia implorar em letras reluzentes e garrafais algo assim: TROUXA E MILIONÁRIO PEDE PARA SER DEPENADO, depenado, depenado, depenado. E o diabo, que não é bobo nem nada, não se fez de rogado, queria a parte dele. Ou seja, queria tudo.

É incorreta a ideia de que as pessoas que travam contato com o diabo desejam necessariamente vender a alma. A maioria, claro, está a fim de uma barganha e acaba se oferecendo por uma ninharia, mas todas as regras — odeio ter de repetir esse lero-lero —, todas as regras têm suas exceções.

As pessoas procuraram o coiso para resolver demandas terrenas, encomendar um acidente ou um cancerzinho para o inimigo, fazer a enteada de doze anos entesar no padrasto gente boa, uma Mega-Sena aqui e trivialidades correspondentes acolá. Ninguém vai procurar o diabo para pedir a preservação da floresta amazônica ou para auxiliar o próximo que perdeu o fogão, a geladeira e o sofá de dois lugares na enxurrada, creio que para estas causas existem Zeca Pagodinho, os santos da Igreja Católica e as respectivas ONGs e entidades beneficentes — que nem sempre são administradas por Deus.

Eu nunca estive a fim de vender minha alma, mesmo porque Valéria deixou muito claro que minha alma não interessava ao diabo, eu queria uma explicação para o final de semana desastrado com Ruína e, se possível, e se fosse a vontade de Deus (meti Deus na história porque sou um cagão covarde, e acredito nele, ora bolas, mas vá lá), se fosse a vontade de Deus e se o meu destino realmente tivesse ligado ao destino de Ruína (além de covarde, supersticioso, brega e hipócrita), eu queria ela de volta.

* * *

O diabo — com razão — me depenou. No lugar dele faria igual, ora, vai ser bonzinho na casa do caralho. Doravante, terei muito mais do que uma explicação e um alento para o meu desespero. Daqui a pouco discorro sobre o chapéu que levei e o final de semana mais filhodaputa e esquisito de todos os tempos.

* * *

Mãe Valéria/"o cara" (porque eles, sim, tinham um pacto), num ímpeto *mezzo* possessão *mezzo* "se liga, playboy", a fim de afastar qualquer meio-termo e/ou qualquer *mezzo* desconfiança da minha parte, e com o intuito evidente de me impressionar — e conseguiu —, automutilou-se, provocando um talho enorme no indicador. Um sangue escuro, grosso e abundante vertia sobre a imagem consagrada a Lúcifer, as trevas do Congá se iluminavam em espasmos assustadores conforme o líquido viscoso ia sendo generosamente derramado sobre o ícone: foi uma das cenas mais bonitas, ameaçadoras e impactantes que presenciei na vida, como se minha vertigem e deriva tivessem se imiscuído com a fé e o sangue de Valéria e, juntos, e só assim, transformados em luz, Lúcifer.

Impactado e intimidado pelos acontecimentos, e diante de um quadro — ou um mundo — ao qual eu não tinha a menor possibilidade de esboçar qualquer tipo de reação ou entendimento, além de estar psicologicamente em frangalhos e desorientado por causa do chapéu que havia levado, fiz o que qualquer um faria no meu lugar, abri as pernas e, resumidamente, posso dizer que "o cara"/Valéria fez uma proposta não só à altura, mas à imagem e semelhança do que pretendia representar:

— Sacrificamos uma criança, pegamos uma na Rocinha agora mesmo.

Diante da proposta, tive certeza de que falava com o diabo em pessoa, em carne e osso, chifres, e todos os lugares-comuns e imagens que associamos ao dito e ao cujo, inclusive o forte cheiro de enxofre que exalava no recinto misturado a todos os efeitos especiais e maldades do mundo. Era o cara. Só podia ser ele. Sem delongas: "Sacrificamos uma criança, pegamos uma na Rocinha agora mesmo". *In natura*. Prático dentro do diapasão infernal a que se propunha funcionar: quer resolver a questão? Fácil, fácil, mata uma criança.

— Não! Não, imagina, seu diabo, não é para tanto.

Ele emputeceu comigo.

Antes de prosseguir, creio que é importante ressaltar e lembrar: não é que procurei o diabo. Podia ter ido a um psicanalista argentino, mas fui atrás de uma mãe de santo porque estava completamente desorientado; sobrenatural por sobrenatural, troquei Freud pela macumba, só isso.

A iniciativa de chamá-lo, ao coiso, partiu da mãe de santo. Eu, que sou um cara educado e que estava no inferno, fiz — repito — o que qualquer outro na minha situação faria, abracei o capeta. De modo que fui pego de calças curtas — e cheguei mesmo a avaliar que havia sido vítima de uma emboscada —, eu, que, a princípio, havia apenas levado mais um chapéu de Ruína, encontrava-me diante do Príncipe das Trevas. Que — imagino — deve ter tido um trabalhão danado para se deslocar do conforto das profundezas de seu reino para o Congá de Mãe Valéria, somente para me atender, a mim, mais um pierrô apaixonado chorando pelo amor de uma colombina no meio de uma multidão de cornos igualmente desiludidos e apaixonados.

Ora, avaliei que para Satanás estar ali em pessoa — muito alterado, diga-se de passagem, e impaciente — diante de um inseto insignificante do meu porte, alguma coisa devia estar acontecendo além do prosaico pé que eu havia levado na bunda. Por que tamanha consideração?

Ao mesmo tempo que me sentia profundamente envaidecido e cagado de medo, também não tinha para onde correr. Era tudo ou nada, de modo que precisávamos chegar a um termo.

— No lugar da criança, você pode oferecer dinheiro. Ele aceita dinheiro — disse Valéria, animadíssima.

Fingi que não entendi. Então joguei verde, e arrisquei uma contraproposta:

— E se eu escrevesse um livro exaltando Vossa Excelência?

O diabo imediatamente diminuiu ou alterou a frequência de sua impaciência, respirou profundamente e talvez tenha sentido um certo banzo de sua vidinha pacata nos quintos dos infernos, meneou a cabeça e deu uma ajeitada nos chifres, ele, logo ele que com certeza deve ter trocado umas ideias com Thomas Mann e Goethe, logo ele, velho e cansado Dorian Gray de guerra, esboçou um sorriso siderado de incredulidade e pasmo, e respondeu:

— Vai exaltar a casa do caralho; quero seis elefantes.

Olhei para Mãe Valéria, e perguntei:

— Quanto custa um elefante?

— 30 mil — ela disse na lata —, um elefante custa 30 mil reais.

Além de dar de ombros para minha obra pretérita e futura, o diabo pediu seis elefantes, 30 mil cada um!

Olha, eu podia estar na frente de Satanás em pessoa, mas se tem uma coisa que é maior que o céu e o inferno juntos, é o meu ego. E graças a ele, meu grande e inegociável ego, consegui reagrupar forças na casa do caralho para onde o diabo havia me mandado, e disse:

— Seis elefantes não vai rolar, não.

Diabão espumava de impaciência, disse que nada escapava a ele, que ia me pegar na ventania, que eu ia me foder de verde e amarelo se não parasse de ser mesquinho e cagão, que ele não havia emergido das profundezas para perder tempo comigo, não estava ali para brincadeira. Eu ia responder "é muita informação de uma só vez... precisaria fazer umas contas e dar uma resposta daqui a...".

Valéria cortou imediatamente meus pensamentos, e deu a letra:

— 120 mil em dinheiro vivo. Isso na primeira vez.

Primeira vez?

— Sim, serão duas queimas. Total é de 150 mil. Na segunda vez queimamos 30 mil. Agora 120 porque ele está com fome.

Eu ia pedir um tempo para pensar porque precisava mesmo; era muita informação, o diabo tinha fome e se alimentava de *di-nhei-ro*, comecei a maquinar umas continhas para consumo próprio: "Será que não conseguimos uma criança inocente mais baratinha, sei lá, em Cordovil, Brás de Pina, no Morro do Pica-Pau?".

Nisso, Mãe Valéria, que também tinha pressa, disse:

— Esquece os elefantes, vamos falar em reais, meu filho, reais.

O coiso estava com fome, e a fatura era nada mais, nada menos que 150 mil reais.

Eles, ela e o capeta, falavam em queimar dinheiro. Uma fortuna, 120 mil reais agora e 30 mil em seguida. Mas como podiam saber que eu tinha essa grana no banco?

E depois, pensei comigo mesmo, caramba, minha alma vai pro beleléu.

Eu vou torrar uma grana desse tamanho só por causa de uma mulher — que eu amo, minha-casa-minha-vida, vá lá, uma mulher que há sete anos me deixava maluco, que me fez escrever três livros geniais, uma mulher que é meu iaiá meu ioiô etc. etc. etc. — mas queimar uma grana dessas só por causa de uma dor de corno?

De fato, sou muito cagão e mais desequilibrado do que cagão, podia perfeitamente queimar uma fortuna que caíra na minha conta-corrente sem que eu tivesse feito o mínimo esforço (além de viver cinquenta anos em quitinetes), ou seja, apego zero, mas além de torrar a grana, ia perder a alma por causa de um pé na bunda?

Mãe Valéria, diante de todas as fichas colocadas na mesa, usou de muita cordialidade comigo, e explicou o óbvio: disse que não se tratava de uma "venda" porque a "iniciativa de receber" partiu do cara. Eu devia me sentir agradecido e privilegiado por fazer uma "oferta", um mimo pro capeta. Disse p'reu ficar sossegado que eu e minha alminha sairíamos intactos daquela aventura, pois não se tratava nem de venda, muito menos de barganha, permuta ou escambo. Se não podia dar uma criança em sacrifício, se elefantes faltavam nas praças, circos e zoológicos, que se pagasse em dinheiro, e o diabo tinha fome:

— Ele não quer sua alma. Vamos queimar esse dinheiro, que é a mesma coisa que sacrificar a vida de um inocente. Você tem essa opção, e nós não temos muito tempo para esperar sua resposta, ou você aceita, ou está fodido.

"Caralho" — pensei.

Imediatamente o diabo cortou meus pensamentos:

— Vai pechinchar comigo?

Caralho! Mil caralhos voadores! Onde é que o meu anjo da guarda foi se meter numa hora dessas?

Então, Mãe Valéria, que viu que a situação podia fugir ao controle, pediu licença ao diabo e assoprou no meu ouvido:

— Pegar ou largar. Uma oportunidade dessas você não vai encontrar em qualquer esquina. Tem uma ideia do que está acontecendo aqui e agora?

— Não, não faço ideia.

— Estamos aqui — ela me disse — para celebrar a vida. Que é traiçoeira porque afinal moramos na Terra. Você sabia, meu filho, que a Terra é um alqueire do inferno? — nesse momento, o diabo caiu na gargalhada. Valéria aproveitou o ensejo, matou a bola no peito, e disse a frase mágica, "quem ama não pechincha":

— Meu filho, você sabe disso melhor do que ninguém. Vai pechinchar?

Com muito charme e sabedoria, o cão e a macumbeira me acuaram. O que foi um alívio, diga-se de passagem e graças a Deus, além do que eu também havia gostado muito da insofismável constatação de que nosso planetinha azul é um alqueire do inferno.

— A ideia — continuou Mãe Valéria — é confraternizar com o cara aí que é o governador do mundo e de nossas ilusões, é uma chance única que poucos têm, se você não aproveitar agora, esquece, só na outra vida.

E acrescentou:

— O único pecado do mundo, meu filho, é se omitir diante da vida.

O tempo urgia.

— Tá esperando o quê?

— Só ele — ela concluiu, apontando o queixo pro coiso —, só ele tem o poder de devolver o que os intestinos do mundo levaram da gente.

Em cinco minutos, a mãe de santo — naturalmente inspirada pelo capeta que me plagiou na cara dura — falou o que a literatura brasileira não teve a capacidade de expressar nos últimos vinte e cinco anos (e vinha muito mais pela frente...):

— O diabo é o governador do mundo e de nossas ilusões, a Terra é um alqueire do inferno, só o diabo tem o poder de devolver o que os intestinos do mundo levaram da gente. Quem ama não pechincha!

* * *

Antes de a macumbeira prosseguir, fomos interrompidos pelo filho dela, um gorila albino lutador de jiu-jítsu, que entrou no Congá com um cabrito no colo. Mãe Valéria esclareceu: "O cara aí quem pediu, é para começar os serviços". Pensei: "Como assim, não acertamos nada e ele já quer começar os serviços?".

Quase esqueço de dizer: tanta coisa esquisita aconteceu naquela noite e naqueles dias, que as informações e os detalhes, que no fim das contas transformam a narrativa em algo minimamente verossímil, acabam escapando.

Deixem-me explicar: Satanás incorporou num feiticeiro importado diretamente de Moçambique para o Congá de Mãe Valéria, foi a surpresa que tive ao entrar no recinto sagrado que ocupava um quarto enorme no apartamento que ela mantinha em Ipanema ("Foi o diabo quem me deu"); quarto ou Congá: traduzindo do candomblé para o português, Congá quer dizer templo mágico, lugar de veredas, oferendas, rituais, despachos etc. O negão media quase dois metros de altura, vestia uma bata verde, bufava pelas narinas e falava um português com sotaque fortíssimo, devia ter vindo mesmo de outro mundo, do inferno decerto; era ele quem rosnava de impaciência e me ameaçava e, ao mesmo tempo, oferecia seus préstimos tóxicos e nada ortodoxos; bem, nisso, como eu dizia, entrou um gorila albino no recinto, o filho de Valéria, carregando um cabrito adolescente, quase um bodinho, no colo, então desviei o olhar do negão pro bichinho e tive meu olhar retribuído, logo criamos um vínculo de cumplicidade, ternura, placidez e afeto: e aí, bichinho, tudo bem?

O diabo não queria acreditar no que ouvira, "e aí, bichinho, tudo bem?". O que eu podia fazer? Rolou um clima entre nós, eu e o bodinho, creio que o diabo sentiu ciúmes e, com certeza, ia soltar todos os cães do inferno em cima de mim, mas antes de me recriminar mais uma vez, Mãe Valéria interferiu:

— Além de iluminar a Terra — apontou pro feiticeiro que me fuzilava com vários esgares de reprovação —, ele é o zelador do alheio e da corrupção, e foi ele, no exato e raro momento em que você dava bobeira e amava aquela mulher, quando você estava deslumbrado e desprotegido do mundo, foi ele quem fez o obséquio de recolher, guardar e zelar por você e pelo seu tesouro. Foi ele quem guardou seu tesouro. Estou falando de sua vida, meu filho.

— A vida — ela acrescentou — que somente é nossa nos momentos em que perdemos o controle, e quando não participamos dela. Essa é a morada do diabo. Vamos, meu filho, peça sua vida de volta, e seja lá o que Deus quiser.

Achei interessante o fato de ela terminar a peroração com um "seja lá o que Deus quiser". A forma e as imagens literárias que Mãe Valéria usava para se expressar, "a Terra é um alqueire do inferno" etc. etc., também me impressionaram sobremaneira. E mais: nunca havia imaginado que o diabo zelava por minha vida: seria o capeta meu anjo da guarda?

Finalmente, quando ela disse "seja lá o que Deus quiser" e o diabo assentiu "yes! seja lá o que Deus quiser", bem, diante do quadro — talvez para me tapear como haviam tentado tapear Jesus no deserto, e como eu não era Jesus —, acabei me deixando levar pela conversa da dupla, e assim, não muito à vontade, mas feliz da vida e deslumbrado com a poesia emanada diretamente das profundezas do inferno, comecei a ser depenado.

Não tinha como rebatê-los, ainda mais na condição de submissão e jugo em que me encontrava, embora satisfeito. Contudo, eu tinha mas não tinha toda essa grana, pois esqueci de dizer que antes de chegar pela primeira vez ao diabo propriamente dito, meu corpo foi fechado por Mãe Valéria, que organizou doze missas negras em minha intenção. Segundo ela, além do caixão de primeira onde fui, quero dizer, onde minhas inhacas foram simbolicamente enterradas, além disso teve a mobilização de quase cem filhos e filhas de santo e mais setenta bois pretos e não sei mais quantos bodes e galinhas que tiveram de ser sacrificados para me livrar das maldições acumuladas em vinte anos de literatura, "Inveja, meu filho, muita inveja: até japonês fez macumba pra você".

Inveja pra caralho: pra japonês fazer macumba a coisa tava feia pro meu lado, só eu sei.

Não bastasse ter afastado duas décadas de inveja e suas respectivas inhacas, ela também me curou de um câncer na próstata, de uma trombose e de um final de vida com direito a parada respiratória e corredor de espera na Santa Casa de Misericórdia, e isso tudo havia me custado 120 mil reais, dinheiro que não foi queimado, mas transferido da forma mais ameaçadora e careta via TED para a conta do filho de Valéria, o gorila albino lutador de jiu-jítsu.

Fiz as contas e vi que, além de não sobrar nada no banco, eu ainda ia ter que vender minha quitinete no Bixiga, a única propriedade que estava em meu nome. O "resto que era tudo" não dava pra mexer por causa do inventário, graças a Deus.

Valéria disse p'reu relaxar, que não me preocupasse. Ele, "o cara", ia dar "condições".

E ela seria minha fiadora, disse que ela mesma pagaria a dívida caso eu não conseguisse levantar a grana, e que fizesse logo o negócio porque "o cara" já estava perdendo a paciência. Eu insisti que não tinha toda essa grana, então acertamos que queimaríamos trintão, ou o equivalente a um elefante, e quando tivesse "condições" faria uma bela fogueira com os outros 120 mil reais. Ato contínuo, levei outra esculhambada do capeta, que disse que nunca tinha feito um negócio daqueles, que faria uma exceção pra mim, e que era uma vergonha usar uma mãe de santo, uma filha dele, como fiadora de um sacrifício, e assim fizemos um bem bolado — que teve outros desdobramentos nos quais pretendo me debruçar mais adiante; por ora, o que posso adiantar é que trintão iriam pra fogueira imediatamente.

Sem contar as dezenas de macumbas feitas por Valéria na sequência ("para dar uma reforçada"), e não sei mais quantas galinhas, patos e frangos, acho que uma granja toda, pombas, bois e cabritos, que acabaram zerando minha conta-corrente. Também troquei os móveis da sala do seu belo apartamento em Ipanema, e paguei um semestre de BodyTech pro gorila albino treinar. Explodi o cartão de crédito em 50 mil reais, e o diabo tinha fome, muita fome.

— É isso aí, mané: vai ser bonzinho, vai pedir paz e amor pro diabo pra ver o que acontece.

Ocorre que essa maluquice tem uma justificativa que me deixou plenamente satisfeito e realizado, algo que vai, foi e irá muito além de uma fortuna queimada para saciar as fomes do diabo, não tenho do que reclamar. O louco, como bem disse Chesterton, é o sujeito que perdeu tudo, menos a razão.

* * *

Uma reflexão antes de continuar:

Estou falando em queimar dinheiro, muito dinheiro. Dinheiro em espécie. Fogo, grana. Notas e mais notas de cem e cinquenta reais, umas sobre as outras. Até coloquei alguns euros e dólares na fogueira para dar um colorido, uma animada no capeta, que continuava puto comigo.

Experimente, caro(a) leitor(a) queimar uma nota de cinco reais. Em circunstâncias normais não dá. Em circunstâncias extraordinárias também não dá. Impensável. Agora, pense em matar uma criança. Também não dá.

Não obstante, pense em matar um filho da puta, pense na quantidade de gente que existe nesse mundo que consome oxigênio e gás carbônico e que não tem qualquer utilidade. Pense num certo ex-presidente do Senado que há décadas desvia dinheiro dos cofres públicos e faz conchavos para privilegiar amigos, amantes e parentes, pense que esse fulano cometeu um implante capilar com dinheiro público, pense que ele pinta o cabelo implantado em tons de acaju.

Quanto vale a vida de um filho da puta desses?

Pense que você passou a vida inteira contando moedinhas. Pense que o dinheiro movimenta o mundo. Pense que dinheiro é vida, pergunte a qualquer judeu e ele vai confirmar, dinheiro é a seiva que nutre a árvore da vida, dinheiro é o conhecimento adquirido e a sabedoria, a felicidade e a infelicidade dos homens, então imagine, meu caro, minha cara, que queimar dinheiro é algo muito mais grave do que matar uma pessoa. Às vezes uma vida humana não vale nem cinco centavos, a grande e avassaladora maioria das pessoas não vale nada, a vida não tem o valor que os homens e o julgamento dos homens lhe atribuem, e a própria Bíblia que é uma história de holocaustos confirma isso, Newton, sim, sir Isaac Newton era um filho da puta, tem gente que não vale dois reais, faça uma conta e pense que queimar 150 mil reais equivale a vários genocídios. Stálin e Hitler não mataram tanta gente. Nero só queimou uma cidade. Pense que somente um monstro cometeria um ato insano, bárbaro e tresloucado de tamanha gravidade e consequências imprevisíveis, pense que um ato desses tem o potencial de deslocar o presente e mudar o futuro, pense num buraco negro.

Não se trata somente de uma escrotice e uma desconsideração profundas com milhares de almas que passam fome, mesmo porque não é por falta de dinheiro que as pessoas passam fome no mundo, é justamente porque em vez de queimá-lo, os donos do dinheiro o acumulam. Mas eu não sou Robin Hood, nem banqueiro de esquerda, nem pretendia salvar o mundo, longe disso, meu negócio era incendiar 150 mil reais, só isso.

Para mim, além do holocausto, além da loucura que jamais vai se justificar e que talvez não tenha perdão, antes de tudo e de qualquer coisa e por mais estranho que possa parecer, fiz o que fiz por amor. Sim, um ato de amor. Que não apenas serviu para desobstruir as artérias entupidas e alimentar o coração do diabo. Se tratou, ou melhor, trata-se — porque é um ato seminal e contínuo de amor, talvez o primeiro e o último e inédito ato de amor que consegui esboçar na merda da minha vida —, em suma, trata-se de um ato incondicional de amor cuja justificativa bastou-se por si mesma, aliás, foi muito além disso, de repente fui lançado para um futuro que imaginava perdido: queimei 150 mil reais porque o diabo prometeu trazer não apenas a mulher que eu amava de volta, mas um filho. O diabo me prometeu um filho com Ruína.

E antes de julgar que sou um maluco vaidoso e egoísta, eu lhe digo. O dinheiro era meu, e eu ia torrar de qualquer jeito, portanto foda-se você que vai largar este livro agora e não tem nem dois reais na carteira para enfiar no próprio rabo: azar seu, tchau, passar bem.

Um filho, uma vida que muito provavelmente não faria diferença entre tantas que habitam os cinco continentes do globo terrestre, mais um pierrô vítima de um arlequim filho da puta, mais um sofredor entre bilhões de pierrôs apaixonados, enganados e inúteis habitantes que choram no meio da multidão, talvez um violonista plácido e bem-sucedido ou um garçom entorpecido que atende babacas numa hamburgueria insossa da Vila Madalena ou talvez o próprio dono da hamburgueria ou quiçá um santo ou um homicida que não ia fazer nada de especial ou diferente do que fez qualquer outro santo ou homicida que um dia pisou sobre a face da terra — qualquer coisa menos um filho ou uma filha escritor(a), porque aí também já era sacanagem demais.

Um filhomeunaputaqueopariu, a revelação bateu fundo, mexeu comigo à vera, a promessa de um filho inexplicavelmente fez sentido na falta de sentido incurável dos meus cinquenta e um anos de vida em transe, cinquenta e um anos trôpego e premido, de ressaca e à deriva. Como se tivesse mudado a sintonia, dado um clique.

A súbita revelação do diabo havia me curado de mim mesmo, fazia sentido. Não foi Deus nem a merda da literatura quem fez a minha ficha cair, mas o diabo quem me deu régua, compasso, prumo e rumo, um nexo. O mesmo rumo traçado por um sujeito que enfia um revólver no céu da boca. Para ele faz sentido apertar o gatilho. Então se fez sentido, valeu. Valeu uma vida. Como se pudesse começar tudo de novo. Como se eu tivesse o futuro de volta, eu que havia chegado completamente desorientado na casa de Mãe Valéria; a novidade, portanto, não era a falta de prumo e de rumo, sempre fui desorientado. Não me recordo de ter um lugar para ir, um norte. E nunca reclamei de ser um homem-deriva, havia me acostumado e me sentia confortável, jamais cogitei em sentidos ou direções para quaisquer coisas ou lugares, mesmo porque eu havia adquirido — por mérito próprio, bom dizer — um não-lugar para chamar de meu.

O que mais eu podia querer?

Quando jovem tinha o futuro para me vingar do mundo dos velhos que absolutamente não me dizia respeito, sim, eu tinha um futuro novinho em folha para destruir, e passei a vida nessa função. Até que cheguei ao futuro e não me reconheci (ou não me reconhecia) nele — da mesma forma que, jovem, não me reconhecia no mundo pretérito dos velhos. A novidade é que, agora, o velho sou eu, e — em tese — seria impossível "dar um troco" no futuro uma vez que eu tinha apenas o passado pela frente. Portanto, e por mais banal que pudesse parecer, a novidade era o filho — o troco impossível. E isso ia muito além da vaidade em si, oquei, reconheço, podia ser vaidade de macho velho e solteiro, mas além disso e sobretudo, o filho era algo que fazia sentido.

Uma coerência perigosa e improvável? Uma contradição em si? Sim e sim.

Não tem qualquer lógica. Tem cabimento e não tem lógica, mas faz sentido. Se estivéssemos especulando sobre um surrealismo tardio, a questão estaria encerrada.

Todavia o diabo afiançou-me um filho com Ruína.

Voltando. Como é que um cara (estou falando de mim, tá?) que havia decifrado o código do autoengano e tinha não somente consciência mas experimentara na própria carne os azares de uma fórmula filha da puta que não havia dado certo — e que não tinha qualquer possibilidade de funcionar —, como é que um sujeito zoado, velho e cansado de guerra que não podia sequer ouvir uma menção à famigerada tríade "livre-arbítrio, esperança e destino", de repente, assim do nada, só porque Satanás em pessoa disse que sim, como, mil vezes como, é que de repente ele pôde acreditar num sentido, ou no sentido de qualquer coisa nessa porra de vida? Como que uma revelação improvável aos cinquenta e um minutos do segundo tempo, um filho com Ruína, podia fazer qualquer sentido?

Analisando a coisa friamente, o que tínhamos? Ruína. Sempre ela, a traidora, vacilona, aquela que jamais correspondeu ao meu amor, a mulher mais improvável, a carta que dom Juanito, El brujo de los ricos y famosos, recomendou que eu descartasse do meu baralho, a mulher que sempre deu o pinote e me deixou falando sozinho, a mulher que jamais esteve comigo, a escrota que me traiu com o bitinique de padaria e depois me trocou pelo Zé Cabelinho, tratava-se da mulher que saciava as fomes nas latas de lixo, e não era qualquer outra mina ponta firme, sim, eu tive três minas pontas firmes e as dispensei uma por uma por causa de Ruína, era ela, a mulher-macumba, a missa negra, o diabo recomendado pelo próprio diabo, era ela quem ia trazer o futuro e materializar a promessa do diabo no ventre de si mesma, ela quem ia me dar um filho, ora, para mim fazia sentido, sempre fez.

2

Sacrificamos o bodinho para proporcionar um agrado ao capeta.

Aos trabalhos, portanto.

Segurei o bicho pelas patas traseiras enquanto o feiticeiro o degolava. Ouvi apenas um méééééé muito discreto que ecoava de eras imemoriais e que só podia remeter ao sacrifício de Isaac; para quem não leu o Antigo Testamento e não sabe, Abraão, pai de Isaac, foi vítima de uma pegadinha. Deus deu um cagaço em Abraão, pediu nada mais, nada menos que a cabeça de seu filho em sacrifício. Abraão ia mesmo descer o cutelo em Isaac, mas no último minuto o todo-poderoso providenciou um anjo que impediu Abraão de fazer a maior cagada de sua vida, e assim, Deus, o supremo ser inescrutável, carente e tirador de sarro, acabou salvando a pele de Isaac, filho de Abraão. Tudo por amor a ele, Deus. O mesmo sentimento, amor, que rolou entre aquele bodinho e o sujeito que lhe pedia o couro, eu. No meu caso, Deus não mandou nenhum anjo para interromper o sacrifício, e nem tinha — a propósito — por que mandar anjo ou poupar a vida do bicho. Não se tratava de nenhuma pegadinha e o bodinho não somente estava lá para ser degolado, como assentiu amorosamente ao holocausto.

Algum ser vivo, que você não comeu frito, assado ou na brasa, já deu a vida por você? Um linguado que seja, antes de virar sushi, já trocou olhares contigo? No sentido mais puro da palavra e sem exageros, além de ter rolado a maior empatia com o bodinho, love love love, aconteceu um milagre naquela noite.

O feiticeiro executou a degola. Mãe Valéria acompanhava o ritual:

— Agora pega a cabeça, espeta no tridente — ela disse — e ofereça a Lúcifer.

E assim foi feito, coisa mais linda a cabeça do bodinho espetada no tridente, fez um conjunto perfeito, yin-yang, night and day, casamento do céu com o inferno. Eu guardo com muito amor e carinho esta imagem, e posso dizer que, antes de ter ofertado o bodinho ao capeta, foi um presente que dei a mim mesmo.

Outra cena marcou aquela noite.

O correto seria eu mesmo executar a degola, mas como me faltava experiência, e eu não me chamava Abraão, ficou acertado que o feiticeiro ia quebrar meu galho. Só que de um jeito ou de outro eu teria de participar fisicamente do sacrifício. Então, como já disse, fui incumbido de segurar as patas traseiras enquanto o feiticeiro dava uma gravata no bodinho com um braço e com a outra mão, livre, providenciava a degola. Nisso, obrigatoriamente, ele teve de virar o bundão imenso na minha cara. Para não ficar exposto àquele traseiro horroroso, desviei o olhar para o chão. Era bunda ou chão. Optei pelo chão. Meu raio de visão atingiu imediatamente os pés do feiticeiro. Unhas manicuradas, um pé muito grande porém delicado e bem cuidado, registre-se.

Depois do bodinho, o dinheiro. Problema, como eu disse, é que eu não tinha toda aquela grana para queimar, e já que o diabo ia cuidar da multiplicação dos elefantes, digo, ia cuidar para que outra fortuna aparecesse milagrosamente na minha conta-corrente *personnalité*, não esquentei a cabeça.

Diabo faz milagres também, ou isso é prerrogativa dos santos da Igreja Católica? Qualquer hora pergunto para Valéria. Outra questão técnica: quando blasfemamos contra o diabo... qual o nome disso, é blasfêmia mesmo? Ou é brincar com o fogo da redundância?

* * *

Se de fato o dinheiro foi queimado, ou foi um truque de Valéria, isso não me interessa. Alguns golpezinhos que ela me aplicou ao longo dos meses em que convivemos fazendo dezenas de despachos e macumbas, e que eu fiz questão de deixar pra lá, são motivos mais do que reais, palpáveis e suficientes para desconfiar que ela não queimou o dinheiro, mas aí é problema dela como mãe de santo, não tenho nada com isso, ela que se resolva com as entidades e orixás que representa e com o capeta que lhe dá assistência técnica e verossimilhança. O que eu sei é que uma fortuna foi subtraída da minha conta-corrente; eu mesmo, em várias oportunidades (e transido), transferi a grana para o gorila albino lutador de jiu-jítsu ou saquei o dinheiro na boca do caixa, e portanto, na minha cabeça, e na prática, esse foi o destino dado ao dinheiro: o torrei, literalmente a grana foi torrada. A nossa parte, eu e o bodinho, fizemos com o coração aberto.

E deu um tesão danado, confesso. Um tesão de limpeza, como se tivesse mergulhado no fogo e me purificado, rejuvenescido até. E se ela foi golpista, se me enganou e me fez de trouxa, também fez muito mais do que simplesmente trocar os móveis da sala de seu apartamento às minhas custas, fez muito mais do que adiantar um ano de BodyTech com meu cartão de crédito pro segurança-gorila albino filho dela ir treinar e dar pinta de playboy na referida bode-academia (o diabo nas entrelinhas, nos "redemunhos", nos trocadilhos), além de supostamente ter gastado minha *plata quemada* para pagar os salários das várias mucamas que a serviam e as aulas de piano do neto superdotado, também vampiro, todos vampiros. Uma Família Addams que assombrava Ipanema a uma quadra da praia, Posto 11. Vampiros caretas e reacionários, gente muito esquisita, sobretudo a netinha da macumbeira. Uma garota de onze anos, filha do gorila albino com uma cigana ucraniana recém-chegada da Romênia, que não falava uma palavra de português. Nem a mãe e muito menos a garota — que se comunicava comigo telepaticamente, e que me disse ou transmitiu o recado de que seria a sucessora de Mãe Valéria e que, desde o ventre, havia sido prometida ao diabo, e também disse p'reu ficar na minha, pianinho, e não me meter com ela.

— A menina — depois Mãe Valéria confirmou com o maior orgulho — não foi batizada, compreende?

Claro que compreendo, filhos de Deus, e a verdade é que estabelecemos uma relação de empatia distanciada, eu e a vampirada agregada a Valéria, de modo que de todas as minhas dúvidas e pulgas atrás da orelha, justificadas ou não, o que vale é que Valéria fez muito mais por mim do que supostamente aplicar uns golpezinhos aqui e acolá; ela e o capeta — repito — me deram um rumo, um sentido para o meu desespero que se transformou — vejam só — em esperança renovada, ela/ele me deram um futuro careta, brega e feliz ao lado de uma mulher cafajeste cuja especialidade era me trair com o primeiro zé ruela que aparecesse pela frente, e depois sumir e aparecer de novo para outra vez me trair, sumir e aparecer de novo, e trair, sumir e reaparecer, cada vez mais linda, escrota, sedutora e invariavelmente prenha do diabo.

3

Outro dia — vejam só — numa discussão que tivemos, e que eu aproveitei para mandar um recado malcriado a Lúcifer, obtive uma resposta reveladora da mãe de santo: ela me disse que não carecia de transmitir qualquer recado porque Lúcifer era ela mesma, ou seja, ainda que tenha me tirado de otário, fez muito mais do que eventualmente me enganar, muito mais. Além do quê, eu queimaria dezenas de outras fortunas se fosse um dos políticos coroados ou "bispos" que frequentavam o Congá de Mãe Valéria. Provocaria milhões de holocaustos. Dadas as "condições" queimaria mucho más porque el diablo se comprometeu a trazer meu filho para este mundo a partir do ventre de Ruína. Porra, um sentido. O contrário da deriva, o contrário da loucura, o contrário de estar sozinho num mundo onde não existe magia nem transcendência, onde as pessoas traem simplesmente porque são torpes e triviais, e ninguém, em momento algum, cogita em sacrifícios e o egoísmo impera, onde as pessoas comem pizza com borda de catupiry, um mundo que se alimenta de causas sem efeitos, onde se nasce e se mata simplesmente para nascer e matar; ela me deu o sobrenatural de presente, o invisível, o improvável e o paralelo e uma realidade abstrata que vertia sangue grosso e iluminava a vida, e prometia vida a partir das ruínas, vida além da vida.

4

Assim do nada ou talvez para reforçar a ideia de que Ruína seria a mãe do meu filho, a macumbeira me falou das meninas que vagavam no dia seguinte. As meninas, minhas duas filhas. Vagavam enciumadas porque, ao contrário do garoto anunciado pelo diabo, e que já se encontrava mais do que engatilhado para vir ao mundo, elas, as meninas, não tiveram a mesma sorte — e vagavam numa espécie de limbo infantil. Eram as filhas que perdi por causa da pílula do dia seguinte, segundo Valéria.

E conferia com os fatos, duas meninas. A mais velha filha de Natércia, e a segunda, filha da Narinha. A primeira concebida num hotel do Largo do Machado, e a caçula no Recife, lembro como se fosse hoje das duas meninas abortadas antes de nascer: a indiazinha eliminada na sequência da gloriosa noite de chimpanzés que eu e a mãe tivemos naquele hotelzinho no Largo do Machado, no dia seguinte mesmo à concepção, ainda quente, bem na minha cara. Natércia me chamou para uma conversa no Istambul, um árabe que fica na Domingos Ferreira quase esquina com a Bolívar, em Copacabana. Pediu uma esfilha de queijo e uma Coca-Cola e, diante da minha cara de trouxa apaixonado estupefato, meteu a pílula goela abaixo: "não vai ter amanhã, não vai ter dia seguinte nem pra mim nem pra você", e, assim, anunciou o fim do nosso romance-foda-de-uma-noite enquanto eu entornava o décimo quinto chope e me refestelava com a segunda travessa de babaganuches e os melhores e mais tristes quibes de Copacabana; de certa forma eu e Natércia sabíamos o que estava acontecendo, e a enterramos, nossa indiazinha, juntos.

E a caçula deixou de vir ao mundo porque, embora eu tivesse recomendado à futura mãe que comprasse um ursinho de pelúcia no camelô, ela preferiu pegar os trinta reais, ir à farmácia e comprar a pílula do dia seguinte; eu sei que as meninas existem e, às vezes, as pressinto caminhando ao meu lado numa estradinha de terra que ladeia um milharal, elas tentam alcançar minhas mãos, uma de cada lado, mas as mãozinhas delas me escapam e então elas somem nas brumas do dia seguinte. As duas meninas que, hoje, vagam no limbo infantil com ciúmes do irmão que, segundo Mãe Valéria, virá de qualquer jeito:

— Ou você vai querer perdê-lo também?

Uma figura muito divertida, e ameaçadora, Mãe Valéria de Oxóssi. Creio que o sentimento de afinidade foi recíproco, confiei nela, e jamais pedi prestação de contas: se tem de queimar, queimamos. Se é assim que Ruína vai trazer nosso filho, e se não tem outro jeito...

Que assim seja. Mas fiz questão de deixar muito claro que eu, que não sou flor que se cheire e que não estava lá nem vendendo minha alma, nem desejando a desgraça para quem quer que fosse — embora o diabo tivesse me oferecido o "combo" e não excluísse qualquer opção: matamos um inocente, o que você quer? —, deixei claro que só queria um norte, como se fosse pouca coisa "um norte".

— Tenho todas as veredas e meandros de um grande sertão. Que tal?

— Não, obrigado.

— Uma boquinha no SESC?

Enfim, o diabo fazia qualquer negócio. E tinha pleno conhecimento de que as almas perdidas só poderiam chegar a ele pelas mãos de Deus (não existe outra forma de se chegar ao inferno) e, portanto, não era o caso nem de grandes sertões nem de veredas, deixei claro que tudo o que desejava — pedido caretíssimo, diga-se de passagem — era que o "destino se cumprisse", e que se fosse para a felicidade de Ruína e a minha felicidade, que a xarope voltasse, apesar de todos os chapéus, traições e pisadas de bola que ela havia me aplicado ao longo dos últimos sete anos.

E fiz questão de desafiar o diagnóstico de El brujo, que dizia que Ruína seria — evidentemente — minha ruína; o problema é que Mãe Valéria, o diabo e o meu coração diziam o contrário, Ruína seria minha salvação, então acreditei nisso da mesma forma caprina que ofereci uma imagem de Nossa Senhora Aparecida de presente para Mãe Valéria, era isso — eu calculava — que eu precisava para continuar vivendo: o milagre, a magia, o sobrenatural, o candomblé — repito mil vezes —, um sentido, mesmo que fosse um sentido despirocado e suicida, mas um sentido para a porra da minha vida.

Absurdos e sentidos despirocados é que não faltaram naqueles dias, a mancheias. O que somente reforçava a ideia de que eu havia chegado ao diabo pelas mãos de Deus, e isso, de certo modo, tranquilizava minha alma porque — ao contrário do que especulei no "começo dos trabalhos" — minha alminha não estava perdida, quero dizer, não completamente perdida.

Aqui, um exemplo de absurdo esclarecedor, que serviu não apenas para que eu redobrasse a fé nas profecias do diabo/Valéria, mas para que tivesse absoluta convicção de que me encontrava no caminho certo: quando, às vésperas das eleições de 2018, ela, sinceramente convicta, embargada e enternecida, me falou que seu sonho era ver os netos no colégio militar e que ia votar no Bolsonaro para acabar com a putaria no Brasil.

Era tudo o que eu precisava, uma mãe de santo punk de extrema direita, personagem que eu não encontraria nos livros de Jorge Amado, nem neste mundo nem nos quintos dos infernos, quem mais poderia ser minha fiadora junto ao diabo? — e eu nem estou considerando a hipótese de que ela confessadamente era o próprio.

* * *

Ou seja, todo aquele teatro fez muito mais nexo depois de ela ter confessado, digamos, a "autoria" da coisa, "Lúcifer sou eu: voto no Bolsonaro para acabar com a putaria no Brasil". O fim em si. Novamente: um ponto de partida novinho em folha não só para a minha vida, mas para o entorno em geral, aquilo que nós umbiguistas psicopatas chamamos de o mundo que gira em volta. Uma percepção prática além da espiritual, que teve, aliás, vários *parti pris* pra lá de ululantes e absurdos; dentre tantos, destaco especialmente este aqui:

— Tava de saco cheio. Ia jogar a toalha e mandar Mãe Valéria e o diabo que representava ou que era ela mesmo, tanto fazia, para o diabo. Saco cheio de acreditar, fazer dezenas de macumbas, ir a cemitério e tomar cagaço, e não acontecer nada, as promessas e profecias não se cumpriam. A partir daquele dia eu não ia mais tomar os remédios do coração, meu plano era morrer em poucos meses, era mais do que uma ameaça, era uma resolução, um comunicado.

Com muita doçura, pela primeira vez, ela pegou nas minhas mãos e olhou dentro dos meus olhos. E disse: "Filho, não".

E foi o suficiente para me destituir da ideia de não ter mais qualquer ideia, ela me fez prometer (ao diabo?) que eu ia continuar tomando os remedinhos, e assim foi feito. E eu, metido pra caramba, vencido e convencido pela doçura do diabo, aceitei o afago desde que ela/ele também cumprissem a parte deles, então, digo outra vez e — acreditem — não é exagero: Valéria não só me depenou, ela me salvou a vida física e metafisicamente. E apesar disso (vou contar mais para a frente) e apesar de não ter vendido a alma, tive de vender a quitinete do Bixiga para queimar outros 120 mil reais além daquela manada de elefantes iniciais, estourei o cheque especial e o cartão de crédito, e ainda apliquei um duplo tuíste carpado ao hipotecar a quitinete mesmo depois de tê-la passado nos cobres e recebido um sinal de 50 mil reais igualmente torrados: ou seja, minha fortuna *personnalité* virou cinzas mas consegui saciar as fomes do diabo — doce diabo que me aconselhou a não abandonar os remedinhos, salvou minha vida e deve ser sócio dos irmãos Moreira Salles, porque agora eles é que são meus credores. Em suma, continuo cumprindo minha parte no acordo, mas cadê Ruína?

* * *

Tem um velho ditado que diz que não é bom dever para o diabo. Vou falar uma heresia ou uma blasfêmia, apesar de não saber se essas categorias "heresia" e "blasfêmia" se aplicam ao "cara", é o seguinte: concordo, dever para o diabo não é nada recomendável, sei muito bem os perrengues e os cagaços que passei para acertar as contas com o capeta, mas também não é muito legal ser credor dele.

— Não fala isso! Nunca mais repita isso! — recriminou Valéria.

Jamais seremos credores do diabo, jamais. Trata-se de

uma questão de lugar e hierarquia, jamais, jamais e sob hipótese alguma, entendeu?

Curioso que o mesmo funciona com Deus. Os divinos e maravilhosos não pagam boletos. E o simples fato de cogitar nessa ideia já nos faz devedores. Regra geral, se o milagre, a macumba ou a profecia não se realizaram, alguma coisa está errada com você ou com o seu pedido, a dívida nunca é deles. A culpa e a conta estourada no banco sempre serão suas, que, ou pediu errado, ou não merece a graça, a vingança, o milagre, o troco, Ruína de volta, chame como quiser e peça a quem quiser. Independentemente do pedido, você sempre será o crédulo e o devedor, e sempre quedará prostrado em posição de inferioridade e agradecimento, aconteça o que acontecer, ainda que não aconteça nada, você vai sempre dever para eles, assim que é e assim será por todos os séculos e em todos os tempos, é assim que eles e os irmãos Moreira Salles trabalham, e ponto final: vide o cagaço que deram em Abraão e os juros que cobram do cheque especial.

E no meu caso — pelo amor de Deus! e que Valéria não me ouça —, tava complicado para receber a prenda do capeta. E aí começavam milhares de conjecturas que somente faziam aumentar minhas dúvidas e dívidas, assim na terra como no céu como na minha consciência que, aliás e a propósito, encontrava-se em frangalhos. A mais óbvia das conjecturas: o diabo não me atendeu porque Deus não quis; então, na verdade, eu estaria sendo protegido e deveria agradecer a Deus pelo fato de o diabo não ter dado minha prenda, confere, Valéria?

Enchi muito o saco da macumbeira com minhas conjecturas. Muito, reconheço. Demais, passei da conta. E ela sempre teve muita paciência comigo, e insistia: tenha calma, você é chato mas fez tudo certinho, ela vai voltar, ela é sua e vai trazer o seu filho no ventre. Meu filho ou filho do capeta, Valéria? Com a bênção de Deus, e do capeta, mas é seu. Vou continuar rezando o pai-nosso, hein? E pretendo batizar o capetinha na igreja, tudo bem? Sim, pode batizar, só não esquece de trazer aqui no meu Congá para o diabo dar uma olhada e conferir a mercadoria.

Além da solicitude e da paciência, ela nunca e em nenhuma ocasião — diferentemente do diabo, ou dela mesmo — deixou de me atender, reconfortar e "orientar", até quando visivelmente me enrolava e conseguia anular minha justificada desconfiança, ainda assim, me transmitia paz de espírito e renovava o sentimento de fé e esperança. Não que ela fosse uma mulher muito paciente e boazinha. Numa ocasião testemunhei Valéria tocando o terror numa consulente; eu esperava minha vez de ser atendido e, de repente, fui chamado no Congá. Diz pra ela, Marcelo. O diabo existe ou não existe? Claro, claro que existe. Viu? Então a senhora pare de me encher o saco, e nunca mais me ligue às sete horas da manhã me cobrando porra nenhuma. Entendeu? Ou ele — apontou para mim — vai ter que lhe dar o recado pessoalmente?

O Congá tinha um diapasão próprio, vida própria, parecia um carrossel em surto de labirintite. Olhei para o diabo, que olhava para a mulher, e pressenti que ele não cabia mais dentro do próprio ícone, aquilo tudo girava numa velocidade maluca que não tinha nada a ver com a força que chamamos "gravidade". De uma hora para outra — pensei comigo mesmo — isso aqui vai levantar voo, vai dar *tilt*, explodirá pelos ares.

A pobre mulher, em pânico, coitada, olhava para mim, e eu sorria de volta para ela como se fosse o próprio demônio:

— Claro que existe, a senhora não está vendo?

Servi de testemunha do diabo, logo eu que não conseguia ter meus pedidos atendidos, mas que misteriosamente perseverava, porque comigo Deus e o diabo nunca deram moleza, mesmo assim continuava tendo fé, sobretudo na fé de Valéria. Eles têm ética, Marcelo, trabalham com ética. Muitas vezes, diga-se de passagem, acreditei mais na fé que ela penhorava ao diabo do que em mim mesmo ou no próprio diabo. Se fosse eu no lugar dela — Deus que me perdoe o trocadilho idiota —, já teria me mandado pro inferno há muito tempo.

5

Tinha acabado de derrubar uma garrafa de uísque no Finnegan's, ia eu lá, desesperado e ainda crédulo em busca da próxima dose e de um *maledetto* sentido para a vida, descia a Artur de Azevedo, dando graças a Deus e ao mesmo tempo o amaldiçoando, a ele e ao seu sócio, o diabo, porque, entre outras coisas, meu tesão por Ruína e o cartão de crédito ainda funcionavam, descia a ladeira em zigue-zague até que alcancei a esquina da rua Lisboa, e parei no Pinguim:

— Teacher's, amigo. Põe duas doses, por favor.

Aconteceu num átimo, entre o balconista virar as costas, pegar a garrafa na prateleira e encher meu copo. Nesse exato momento perdi a fé em Deus e no diabo, e por pouco não viro um clássico.

Juro por Deus, perdi a fé no diabo.

E é por isso que estou aqui, de volta à escrita, descumprindo mais uma vez a promessa que fiz a mim mesmo, pois quando escrevo não faz diferença alguma acreditar em Deus ou desacreditar no diabo — e vice-versa. Afirmar uma coisa não é necessariamente desautorizar a outra. Assim, num primeiro momento (ou no primeiro trago) julguei Valéria uma vigarista, depois minha salvação. Cadê Ruína?

E por que caraio perdia a fé em Deus e no diabo e me apegava fervorosamente à imagem de Nossa Senhora Aparecida que ladeava as garrafas de Teacher's?

É que Nossa Senhora é mãe. E é Aparecida, não é Valéria. Desacreditar em Nossa Senhora seria a mesma coisa que dizer que não sou filho da dona Marietta, a mesma coisa que dizer que não vim de lugar nenhum. O consolo de todo habitué da deriva é lembrar que ele não chegou ou foi largado em mar aberto gratuitamente, por mais perdido e à deriva que esteja, o infeliz zarpou de um cais.

Isto é, apesar de estar à deriva outra vez, ainda assim tinha um cais gritando ali na minha frente, era Nossa Senhora ao lado das garrafas de Teacher's. O primeiro endereço, eu digo sempre: mãe é o primeiro endereço. O primeiro lugar — que, naquele instante, tanto fazia chamar de mãe ou de angústia. Alguma coisa feita de carne viva e espera, que sangrava por qualquer motivo mas que se renovava a cada trago de uísque, a cada conjectura sem resposta. De certa forma, a angústia era o que me restava da vida a ser vivida, era a prova de que eu não havia morrido, era meu porto seguro.

O problema é que tive a quase certeza de que podia "passar de fase" na próxima dose. Ia beber o que me restava de um sentimento que era uma merda, mas que *male male* ocupava um lugar. Que dizia que sobrava alguma coisa dentro de mim, a angústia. Era o limite, a franja do abismo. Sem um cais, sem um porto, desta vez sem passado. *No future*. Tristeza absoluta, vazio. E morte.

Ou a constatação de que Ruína não viria, e que meu filho iria se juntar às irmãs fantasmas no limbo das crianças do dia seguinte, sem ao menos ter tido a possibilidade de o dia anterior ter existido para ele; coitado do capetinha, fantasma do dia seguinte sem a sombra da véspera. A qualquer instante a angústia podia se transformar em miragem, em esperança perdida. Embora eu ainda sofresse. A mesma dor ou conteúdo da angústia que, junto com o inconformismo e a revolta, ameaçavam me deixar. Sim, eu corria um risco seríssimo de esvaziar a garrafa de Teacher's, e me esvaziar junto. Ia esquecer para sempre de mim mesmo.

Um buraco filho da puta dentro do peito. O vazio que, segundo o diagnóstico de uma gorda-urubu que eu havia conhecido há três anos em Salvador, me destruiria.

O vazio que nenhuma criatura humana seria capaz de suportar e que ia acabar comigo, que ia saltar para fora do meu próprio peito, e que podia me consumir junto com a garrafa de Teacher's; eu tinha mais uma dose de vida, e olhe lá.

6

Em 2015 conheci uma gorda no feicebuque.

Daria um belo título, *Em 2015 conheci uma gorda no feicebuque*, se depois de três anos ela não tivesse me achado no whatsapp. Toda simpática, querendo reestabelecer contato depois de ter me jogado aquela porra de praga, "Não sei como você ainda está vivo, não sei como aguenta, tive o vislumbre de poucos segundos do vazio que você carrega no peito, e quase tenho uma parada cardíaca. Cara, cê tá fodido. Dentro de um ano, se uma providência não for tomada, o vazio vai te engolir, e você vai morrer".

A providência que tomei foi ir atrás de Ruína, nos três anos subsequentes escrevi dois livros pedindo para que ela voltasse, e dali a quinze minutos o avião de Ruína ia pousar no Santos Dumont, 13 de abril de 2018.

Respondi secamente: "Tá tudo bem, abraço".

Segundos depois, a gorda enviou uma mensagem reiterando a praga, e enviando dezenas de outros desertos e vazios e buracos que me consumiriam rapidinho, e agora não havia mais tempo porque, mesmo que eu tivesse tomado todas as providências, já era tarde demais, dançou filho de uma puta: quero que você morra.

Caralho, depois de três anos, e quinze minutos antes de o avião de Ruína pousar, a gorda agourenta me acha no whatsapp. Putaqueopariu, coincidência escrota da porra. Bloqueei na hora.

* * *

Vou falar um pouco dos dias que passei em Salvador com o urubu do whatsapp, janeiro de 2015, e depois volto ao Santos Dumont.

Creio que não existia whatsapp em 2015, eu pelo menos não tinha. Mas era assíduo frequentador e festejado zumbi do feicebuque. Uns meses antes, em meados de 2014, terminava meu casamento na UTI. *Mezzo* recuperado *mezzo* mais pra lá do que pra cá procurava desesperadamente — grande novidade... — uma mulher para substituir Ruína: que voltou naturalmente com toda a força em minhas lembranças depois do infarto e do final do casamento. Nessa época, Ruína permanecia casada e — na minha cabeça doentia e obcecada — casada, porém me traindo dia após dia com um fotógrafo sem talento residente e domiciliado em Guarulhos, o Zé Cabelinho.

Foi nesse ínterim que topei com a baiana no feicebuque: pedaços de coxas roliças, beiço carnudo, sobrancelhas grossas, promessas de idílio num país tropical que havia desbotado e não existia mais desde o final dos anos setenta porque até a paisagem brocha com o Brasil. Além das fotos, a gorda mandava bem nos posts e mensagens do feicebuque. Um texto inteligente e ácido e a armadilha das armadilhas, a arapuca que sempre caí e sempre cairei (faço questão) desde os tempos da mãe da indiazinha, a menina que brinca de pique-esconde no parquinho fantasma com a irmã cuja outra mãe usou do mesmo expediente, o mesmo pretexto que Ruína aplicou para marcar nosso primeiro encontro, algo maior que o céu, a terra e o inferno, o velho e recorrente expediente ao qual eu não resisto e jamais resistirei: "Adoro as coisas que você escreve, sou sua leitora".

— Amanhã estou aí, você me espera no aeroporto?

Tava lá a gorda-urubu. E foi ela mesmo quem se identificou assim, logo que nos vimos no saguão do aeroporto, disse: "Sou feia, gorda, um urubu gordo, você não gostou de mim, fala!, pode falar, fala!".

Eu não falei nada, nem seria indelicado de falar qualquer coisa, parece que há tempos adquiri a capacidade intranscendente e automática de ir para o inferno e abraçar o capeta, fazer o quê? Eu jamais refugaria, quer me depenar, quer me enganar, pode enganar que eu gosto, depena que eu gosto, jamais voltei atrás de uma escolha errada e muito menos das escolhas feitas às cegas, eu encaro e pago o preço. A maior prova é Ruína, ora bolas.

Pera aí gorda, eu não vou falar nada. Eu vim para cá pra gente se conhecer (e era verdade). Claro que seria muito melhor se uma Sonia Braga com vinte e dois anos de idade estivesse me esperando no lugar da gorda maléfica, mas, *cazzo*, vamos conversar. Ninguém aqui tem obrigação de comer ninguém. Eu só preciso de um pouco de vento. De preferência o vento que sopra no Farol da Barra, pode ser?

Ela se acalmou. E no longo caminho do aeroporto até o Farol da Barra travamos uma conversa pra lá de agradável. Elogiei o desprendimento dela, e agradeci a oportunidade que ela me dava de materializar a breguice de Leandro & Leonardo ao vivo e em cores, pois eu realizava um sonho antigo que hibernava desde o começo dos anos noventa: havia pegado o primeiro avião e ia "de encontro à felicidade, a felicidade, gorda, para mim é você".

Dei moral pra ela. Não era qualquer uma que a partir de uma conversa de feicebuque sem pé nem cabeça iria até o aeroporto receber e depois hospedar um maluco metido a escritor em sua casa, ela devia estar mais a perigo do que eu; então, para levantar a bola da gorda (e a minha também), lembrei das longas conversas e do flerte que entabulamos via feicebuque, minimizei e até tirei uma onda do jogo de sedução que ela confessadamente fraudou editando suas fotos como se fosse uma Gabriela de Jorge Amado. E especulei que talvez por causa disso ela me acusava de ter contado a mentira que contou, e-no-entanto-e-mesmo-assim a fiz compreender, com muito tato e delicadeza, porque sou um cavalheiro, que eu não estava nem aí pra feiura e nem aí pra gordura dela, e, para ser sincero, aproveitei também para declinar do terror de uma situação que deixou de existir porque o vento que soprava no Farol da Barra fez o favor de levar a feiura e a gordura — minhas e dela — para muito longe, e, enfim, acredito que ela entendeu que afinal de contas eu não era apenas um filho da puta de um punheteiro que encararia qualquer coisa que aparecesse pela frente somente porque fazia quase um ano que não comia ninguém, nem uma gorda feia, chata e sincera como ela.

Tô exagerando. Sincera, oquei. Mas nem tão chata, nem tão feia nem tão gorda. Tanto que tentamos dar uma foda que até hoje não sei dizer se fodemos ou não fodemos, acho que sim, acho que não. O que eu sei é que foram três ou quatro ótimos dias que passamos em Salvador, com direito a Elevador Lacerda, Itapuã empestada de gordura e turistas-abantesmas, uma sorveteria tradicional num bairro fodido do qual ela se orgulhava e o qual não me lembro como diabos conseguimos chegar depois de cruzarmos as quebradas de Salvador numa viagem de ônibus pra lá de ameaçadora, o sorvete até que era bom, teve também sarapatel, acarajé, dendê, galinha à cabidela e todo um menu que faria Pedro Archanjo lamber os beiços, mais aquela diarreiazinha de praxe que acomete e corrige os gringos e branquelos e marinheiros que visitam a Baía de Todos os Santos pela primeira vez, além de juras de amizade e bom papo, mar, areia, sol e mais a gorda que, além de me hospedar em seu apartamento num conjunto habitacional que se localizava pra lá da putaqueopariu da periferia de Salvador, pagou quase todas as contas para mim.

Um detalhe havia me escapado da memória daqueles dias. Somente no momento em que a gordurubu, três anos depois, me achou no whatsapp, quinze minutos antes de o avião de Ruína pousar no Santos Dumont, é que me ocorreu:

— Minha tia, Marcelo. Ela mexia com o lado de lá, sabe o que é o lado de lá? Era bruxa temida em Feira de Santana. Eu moro um pouco aqui em Salvador e um pouco em Feira. A velha morreu recentemente e deixou tudo para mim, os feitiços e a chácara que ocupa todo um quarteirão, ela passou para mim, me ensinou tudo.

* * *

Eu chamo de gorda e de urubu. E não é para reafirmar a imagem que ela fazia de si mesma, mas simplesmente porque ela me rogou uma praga. E teve a manha de reiterar e turbinar a porcaria da praga quinze minutos antes de o avião de Ruína pousar no Santos Dumont.

Precisava? Passamos ótimos momentos em Salvador, e nos despedimos — imaginei — como dois adultos, cientes de que não havia nada mais do que um sarro entre nós. Nos meses seguintes, continuamos trocando ideia via feicebuque, e nossa amizade cada vez mais se fortalecia. Até que nos desentendemos por causa da política, a droga da política, e a coisa azedou de vez. Nos meses e anos seguintes não falamos nem nos "curtimos" mais, embora eu tivesse acesso à página dela e vice-versa. Tinha muito carinho por ela e, para mim, o que se evidenciava como uma praga nada mais era do que o alerta de uma amiga que se preocupava comigo, nada mais. E decerto ela também devia me estimar, tanto que, depois de três anos, resolveu entrar em contato, me achou no whatsapp. O problema é que faltavam quinze minutos para o avião de Ruína pousar. Depois de cinco anos, eu e Ruína havíamos restabelecido contato, e finalmente ela viria ao meu encontro no Rio de Janeiro, não foi nada fácil conseguir isso. Escrevi três livros desesperados implorando para que ela voltasse, passei por dois casamentos, tive um infarto, chupei piroca de traveco nas sarjetas da Lapa, descobri que, além do meu irmão caçula, o melhor amigo também havia me traído, em dois meses perdi pai e mãe, mergulhei no fundo do poço, passei por todos os dissabores de uma novela mexicana, e voltei rico, cheio de rima & grana. Enfim, estava tudo bem.

* * *

Bom, quero dizer que quando recebi o whatsapp da gorda maléfica, eu nem poderia desconfiar da presença de Valéria em minha vida, e, na diagonal, ouvira algumas recomendações dispersas, boas e ruins, a respeito do coiso; nenhuma informação ou notícia que qualquer outra pessoa não tivesse acesso: o diabo na Bíblia, em filmes e livros e declarações de amor & simpatia — vide sir Mick Jagger —, o diabo que sempre esteve presente na vida das pessoas e chegava ao conhecimento delas das mais variadas formas e ao gosto do freguês, bem passado, ao ponto ou sangrando, virado numa serpente, num batuque despretensioso ou gessado em noites ilustradas & trajes de gala, e também em esquetes dos Trapalhões, tanto faz, e junto com ele a ideia de fundo do poço.

Ou seja, eu considerava o fundo do poço e o diabo — nessa época — apenas como metáforas surradas, cafonas e muito distantes da minha realidade, e me orgulhava, ao contrário de muita gente sem talento, de jamais ter precisado recorrer a qualquer metáfora ou pacto para escrever uma sílaba sequer das dezenas de milhares que acumulei ao longo de vinte anos de literatura. Eu jamais aceitaria, depois de quase duas dúzias de livros publicados e já me reputando aposentado e livre da literatura, que "o fundo do poço" e "o diabo" seriam não só mais fundos e diabólicos que qualquer especulação, como reais e, ao mesmo tempo, resultariam nas metáforas das metáforas, nas fontes murmurantes de inspiração para meu próximo e improvável livro, não por acaso este mesmo que escrevo acompanhado dele em pessoa, el diablo.

* * *

Voltando à gorda.

Sim, fui indelicado e mal-educado, devia ter dado o mínimo de atenção, inclusive por causa da história que vivemos em Salvador, mas dei uma resposta seca que foi imediatamente interpretada da maneira como devia ser interpretada, ato contínuo o "alerta da amiga preocupada" se transformou numa praga que carregava as aridezes de mil desertos de Nelson Rodrigues mais a sentença de um Dostoiévski preso na Sibéria e condenado a trabalhos forçados para toda a eternidade, porque a gorda agourenta, além de minha leitora e feiticeira de mão cheia — sejamos justos —, também escrevia pra caralho, puta praga que ela me mandou, em grande estilo.

7

— Basta uma vela preta e ódio — disse Mãe Valéria. — É o suficiente para acabar com a vida de qualquer um, basta uma vela preta e ódio no coração.

8

Na hora que a vi no desembarque, apenas com uma mochilinha de hippie nas costas, sorrindo, linda e iluminada, pensei: meu Deus, que essa cena se repita centenas e centenas de vezes, sou o cara mais feliz desse mundo, meu Deus, muito obrigado. Antes de qualquer coisa, ela mesma tomou a iniciativa de me tascar um beijão que dizia explicitamente o seguinte: "Cara, demorou, a gente se perdeu pra caralho, mas agora vai dar tudo certo, vai dar tudo certo, eu vim pra ficar contigo, vamos esquecer todas as merdas que aconteceram e vamos viver em paz, nós merecemos".

E, sem falar nada, apenas a beijando de volta, eu devo ter respondido "Que bom que você chegou, meu amor, não vejo a hora da gente ir foder".

Porque palavras, palavras mesmo para falar, não tínhamos, e nem precisávamos de palavras, nem eu nem ela. Ainda assim, consegui balbuciar algo do tipo:

— Dá a mochila, que eu levo.

Ela disse:

— Nem deu tempo de fazer os pés, eu sei que você vai reparar. Mas vai assim mesmo.

Eu reparei, mas nem liguei, achei lindo o contraste do pé descuidado com as mãos, que ela havia feito a meu pedido. Ruína era especialista nas minhas taras, ela sabia que eu era um podólatra e um quirófilo de carteirinha, conhecia meus livros *di cuore* e sabia do amor que eu sentia por ela. Unhas longas, e vermelhas. No carro, ela me deu outro beijão, como para reafirmar o primeiro e deixar claro que iria dar o próximo, como se ela dissesse "calma que vai ter mais, fica na sua, oquei?"; ela fazia as coisas do jeito dela, sabia que tinha o domínio da situação e faria o que quisesse comigo desde que eu embarcasse no seu mundo de delicadezas & esquisitices, digo "esquisitices" porque ela havia recém-desembarcado do Santos Dumont e eu me encontrava em estado de torpor e paixão quase descontrolados, mas o leitor pode ficar à vontade para ler "traições", "pisadas de bola", "abandonos vários". A mesma coisa vale para o outro predicado; na verdade, "delicadezas" que serviam como um álibi para os nossos autoenganos, para não dizer que ela sempre foi — e tinha plena consciência — uma filhadaputa casca grossa e vacilona. Em outras palavras, ela chegou em grande estilo, uma vez que sabia que eu adorava e venerava seus "defeitos", e sabia que as escrotices dela me deixavam louco de tesão, e a entesavam também:

— Tô com muita fome, me leva pra comer camarão?

Quase esqueço de dizer, ando com uma memória péssima. Nem precisava, mas para turbinar a noite, e o final de semana, que prometiam ser longos e inesquecíveis (e foram), adquiri uns comprimidinhos na farmácia do aeroporto. Dessa vez, no lugar dos clássicos azuizinhos, resolvi dar uma variada e comprar outra bomba que prometia trinta horas de ilusão e felicidade químicas. Era o tempo que eu ia precisar: de sexta a segunda-feira, quando ela retornaria a São Paulo, devidamente venerada e comida, segundo nossos planos.

Queria reiterar que não foi nada fácil convencê-la a

embarcar na ponte aérea, um trabalho de sete anos, muitos desencontros e três livros de chavecos. E ela só aceitou com a condição de que se tivesse de acontecer qualquer coisa, a iniciativa partiria dela. Esse era nosso plano. Os dois primeiros beijaços que ela me aplicou no aeroporto indicavam que sim, ela comandava.

Fome e camarão, bem, se fosse só para fazer um charme, com certeza a levaria no Shirley e pediria um Camarão à Honolulu, um prato lindíssimo, verdadeira obra de arte em termos de título e apresentação, mas insuficiente para saciar nossas fomes. E já pensando nas fodas que íamos dar a noite inteira, resolvi levá-la no Fiorentina e apelar para o Spaghetti à Ary Fontoura. Ela só quer spaghetti e camarão, garçom. O meu, por favor, você traz com polvo, marisco, lula etc.:

— Pra nenhum Aquaman botar defeito, hoje é dia de festa no fundo do mar! — comemorei.

Ela retribuiu com um sorriso de "lá vem ele com as abobrinhas" ou como se reconhecesse as brincadeiras dela em minhas idiotices, e dissesse "ah, estamos em casa" — então, acendeu o cigarro, pediu cinzeiro e pimenta.

Escolhi a mesa perto da calçada, onde ela poderia sentir o sargaço despejado pelo mar, encher o prato de pimenta e fumar à vontade. Se tem uma coisa que me dá tesão é mulher recém-chegada do Santos Dumont à beira-mar comendo spaghetti e fumando ao mesmo tempo, claro que é um fetiche complicado de se realizar, ainda mais quando a mulher é a ruína da vida do cara, iluminada, bem-humorada, cheia de apetites, jogos de sedução e todas as luxúrias e gulas que tínhamos direito mais uma garrafa de Calamares rosé mergulhada num balde cheio de gelo.

Um parêntese. Acredito que Ruína reparou em minha recém-adquirida nova personalidade-*personnalité*, e talvez tenha me estranhado; imagino que traí um pouco do tom de submissão que ela, que nós, havíamos planejado para o nosso reencontro, com certeza destoei, com certeza ela reparou.

Só se fosse uma jumenta não repararia, porque afinal eu não era apenas um novo-rico *personnalité* vizinho do Zeca Pagodinho na Barra da Tijuca, além disso havia comprado uma Harley-Davidson; logo eu, que nem sequer conseguia me equilibrar num patinete: em pouco tempo aprendi a dominar a "Monstra" (assim que eu a chamava: "Monstra") e também aprendi que os ricos tem essa mania de dar apelidos e nominhos próprios para os seus animais, serviçais e bens materiais, um hábito que cria intimidade com o *dolce far niente* e afasta a realidade para outra dimensão, confesso que me sentia muito à vontade nesse papel (sobretudo pelo fato de dar uma banana para a realidade) e acreditava mesmo, e acredito, que havia nascido para montar na Harley, na vida e na grana que caíam do céu e, de uma vez por todas — o melhor de tudo —, eu ia esquecendo as misérias da literatura e da vidinha de quitinete vividos nos últimos cinquenta e um anos, e assim, como *nouveau riche* que se preza, também tratei de clarear os dentes e virei cliente vip da Lacoste no Barra Shopping, que nojo.

Do Fiorentina fomos para um Beco das Garrafas recém-ressuscitado e já decadente frequentado por meia dúzia de múmias locais e grupos de turistas desnorteados, e aqui incorremos num pleonasmo. Aconteceu, e eu não fiz questão nenhuma de evitar. Tudo o que eu precisava e que preciso, agora e pro resto da vida, até por uma questão de sobrevivência, era ser redundante. E o que eu quero dizer é que para essa gente-pleonasmo tanto fazia se o Redentor abria os braços sobre a Guanabara ou sobre a Faixa de Gaza, tanto fazia ir pro Beco das Garrafas ou pras putasqueospariram, desde que constasse samba, carnaval e caipirinha no vaucher estava tudo oquei, para eles e para mim.

Rio de Janeiro, cidade perdeu-perdeu-mas-já-ganhou, a vista aqui de cima é divina e a cidade é maravilhosa. Tô com eles, e não abro. Não abro mão do Rio, nem dos pleonasmos. Nenhum gringo consegue ser mais gringo e deslumbrado que um paulista no Rio de Janeiro, ora, por que comigo ia ser diferente?, ainda mais acompanhado de Ruína.

Ideia de jerico maravilhosa ressuscitar o Beco das Garrafas. Depois de cinquenta anos o hospício carioca encontrava-se sob nova direção; agora, administrado pela Jojo Todynho: se não fosse assim não ia ter graça; eu diria até que era quase impossível não se deixar contaminar alegremente pela atmosfera de fraude e redundância: Ruína, nascida e criada em Barueri, mordeu a isca... e claro e óbvio e evidente que mesmo sabendo do engodo também eu fiz questão de me deixar levar pela mentira — me engana que eu gosto, ontem, hoje e sempre —, e outra: estaria sendo mais falso que a cidade maravilhosa se não dissesse que foi uma felicidade ouvir, acompanhado de Ruína, as lorotas que a neta de um subfigurão da Bossa Nova contava no palco do Little Bar. A atmosfera decadente pedia Campari.

— Traz mais um, garçom!

Esvaziamos uma garrafa de Campari com direito às devidas fotos do casal feliz que serviriam para as posteriores lembranças inesquecíveis na boate onde Elis Regina fez seus primeiros shows, coitada da Elis, coitado do Rio, de modo que tudo ia muito bem, tudo muito bom, *al dente*, até que, assim do nada, ela me agradeceu.

Sim, agradeceu, como se redigisse um memorando, por estar comigo naquele lugar e naquele momento, muito obrigada, Marcelo.

Por que em vez de agradecer não beijou?

Nessa hora, eu é que devia ter partido para o beijo, mas respeitei nosso acordo tácito de que ela é que tomaria a iniciativa do próximo beijo. O tom solene de Ruína, afinal, teve a faculdade de me brochar e a ela também. Juro que não entendi. Diante da austeridade que se impôs, achei melhor deixar pra lá — e pedi mais uma dose de Campari. A neta do subfigurão da Bossa Nova lembrou que dali a pouco o show ia acabar, pedi mais uma dose, dessa vez misturada com uísque, e meti o Cialis para dentro.

Meia-noite em ponto o último barquinho a navegar pelo macio azul do mar voltou para o cais, e fomos pirulitados do recinto.

— Tá vendo que parece que tem uma estrela deitada sobre o morro? As luzes do Vidigal, lindo, né? Olha à direita, vamos passar pelo "Hotel Marina quando acende".

— Quem diria, Marcelo!

— Diga!

— A breguinha de Barueri nos domínios de Tom & Vinicius! Ói nóis aqui, Ipanema!

— Agora sob nova direção, aos cuidados e sob os auspícios da Jojo Todynho — corrigi, e ela caiu na gargalhada. — Pera aí que vou parar o carro, preciso dar uma mijada.

Então ela me filmou no canteiro da Delfim Moreira. E narrou a mijada. Não gostei do que ouvi, como se ela prolongasse o agradecimento brochante do Beco das Garrafas, e o pior, como se estabelecesse uma distância entre o que acontecia de fato, uma prosaica mijadinha, e o que deveria estar acontecendo no enredo que se criou (ou que criamos) e que incluía o Rio de Janeiro como paisagem de fundo, e uma idealização boçal da cidade e de nós mesmos.

Ela filmava, e narrava:

— Uma cena histórica, o grande escritor mijando no canteiro da avenida mais chique do Brasil.

Embora eu não tivesse dado muito bola porque estávamos bêbados, aquilo me incomodou profundamente. Ora, *cazzo*!, eu não estava fazendo cena alguma, apenas dando uma mijada. E que conversa era aquela de "grande escritor"? Sem falar que não estávamos em Ipanema, mas no Leblon em frente ao Hotel Marina, e mesmo que estivéssemos na Vieira Souto, fazia uns quarenta anos que a avenida deixara de ser qualquer coisa transitável, "chique" ou charmosa — basta dar um rolé num domingão de sol para constatar a farofa que virou aquilo ali.

O cara que mijava lá na "avenida mais chique do Brasil" não era o escritor, mas o idiota apaixonado que se disfarçou de escritor e sofreu feito um filho da puta e usou a literatura como álibi, durante sete longos anos, apenas e tão somente para trazê-la para perto dele. Entretanto, o que acontecia ou aquilo que ela fez acontecer naquele momento fugiu do tesudo script traçado por eles desde antes do Santos Dumont: criou-se uma distância quase suicida, como se ela entregasse o domínio da situação para um cara descontrolado que, em última análise e conforme a vontade tácita de ambos, jamais devia estar sendo filmado como o "grande escritor que mijava em Ipanema", mas o contrário; o tesão inicial era diametralmente oposto: ela é quem era a protagonista de todas as mijadas, físicas e metafísicas, se fosse para seguir o roteiro dos beijos no aeroporto, ela é quem deveria estar despejando um poderoso jato de urina diretamente na cara dele e quiçá, de lambuja, irrigaria com o seu doce mijo o canteiro da "avenida mais chique do Brasil".

Temos uma outra hipótese. Ela baixou a guarda para jogar na cara do "escritor", em vez do mijo, o ridículo do roteiro fake que ele estabeleceu para "conquistá-la" desde o spaghetti marítimo, passando pelo Beco das Garrafas até parar o carro ao lado do Hotel Marina para dar uma prosaica mijadinha. De uma forma ou de outra, Ruína, deslumbrada ou não, transformou-se numa maria-rodapé qualquer, personagem de uma ficção de quinta categoria a caminho do abate.

E é evidente que ela não ia se prestar a um papelzinho desses.

Embora já contaminado... o clima entre nós... como é que eu vou dizer? Bem, digamos que não tínhamos conhecimento de que a maionese havia desandado completamente. Não havíamos acusado a fissura, a língua negra de esgoto da gorda agourenta devia ter feito uma parada na Dutra para reabastecer, mas estava a caminho e, embora nós não tivéssemos acusado nada além de alguns senões, a mandinga sub-repticiamente começava a surtir efeito.

Então, vou dizer o seguinte: apesar do "agradecimento" no Beco das Garrafas e da recém-eternizada mijada do ilustre "escritor", o clima entre nós era de festa, despercebidamente perfeito.

À guisa de um corretor de agência de viagens, orgulhoso e com a bexiga esvaziada, narrava o itinerário para a visitante: "Agora vamos pegar a Niemeyer. Uma pena que a ciclovia estragou a visão do mar, prefeito de merda, à direita temos o Vidigal, mais à frente vamos topar com a Rocinha, perigoso? Nada, confia nimim".

Bêbados? Não, bebaços, eu e ela. Chegamos na Barra, Posto 6, quase uma hora da manhã. Daquele começo de madrugada, lembro da minha primeira e violenta ereção e de ela ter comentado alguma coisa sobre o janelão do quarto de hóspedes que dava para um generoso terraço com vista para o mar, ela disse que era exatamente assim que imaginava o "quarto da filha", lindo, lindo — disse —, tenho certeza que a Rê vai adorar.

Imediatamente virando à esquerda e depois do closet, a suíte do escritor. Ruína mergulhou de bruços. Quando enganchei nela por trás, segundos antes de iniciar as primeiras bolinadas, senti que os músculos que envolviam as costelas inchavam e desinchavam por conta própria, Ruína tinha apagado; decerto era cansaço, pois logo em seguida ela começou a roncar. Devia estar exausta, vinha de uma jornada intermitente de trabalho, acordara às cinco da manhã e até meia hora antes do embarque — me disse — ouvia merda de encanadores, eletricistas e as reclamações de praxe de centenas de moradores que uma síndica profissional e responsável pela administração de onze condomínios tinha de ouvir e escutar, sabemos que uma coisa é ouvir e, outra, é escutar, e ela se esforçava para fazer ambas as coisas, dia e noite: "Você acha que é fácil ser Super Nanny de porteiro, psicanalista de encanador?".

Capotou mesmo, tadinha.

Em seguida capotei eu, de pau duro. E feliz da vida.

* * *

Umas nove da manhã, eu acho. Não passava disso.

Ainda remoía a ressaca de Campari e uísque, assim *mezzo* anestesiado pelo sono e não querendo abrir os olhos, mas o Cialis dizia "bom-dia, maluco", e lembrava da foda interrompida pelo cansaço da noite anterior, pau duro. Criou-se aquilo que os druídas celtas chamavam de *horn expectancy*. Expectativa que só fez aumentar pelo estrépito da hidro acompanhado do eco de um assovio que chegava à suíte prometendo uma grande fodelança na sequência.

Quem conhece sabe, e quem sabe conhece. É algo raro e quase impossível encontrar uma mulher que assovie despudoradamente no banheiro; e ela assoviava com vigor, ou seja, mais um fetiche recém-descoberto para enriquecer minha coleção de taras e fetiches, todos atribuídos a Ruína, que não somente era a senhora dos meus fetiches, mas muito, muito mais, mais do que a mulher da minha vida, era minha-casa-minha-vida, a parafilia em forma de máxima transcendência que ultrapassava as expectativas de todos os fetiches catalogados e a se catalogar, ah, Deus, meu Deus, que tesão, assoviava no banheiro a plenos pulmões!, meu passaporte para Shangri-lá via putaquemepariu, ah, Ruína, saí logo desse banheiro, vem pra cá sentar no Cialis do papai. Vem pra cá, *viens bientôt, mon amour*!

— Gostou do chapéu?

Saiu de lá vestida com um maiô inteiro, óculos escuros de coruja decerto comprado num brechó. E um chapéu de praia mexicano. Parecia minha tia Carmela em São Vicente nos anos setenta.

— Onde você arrumou esse chapéu?

Desconcertado e para disfarçar a frustração, e não constrangê-la mais do que eu próprio estava constrangido (e de pau duro), fiz a pergunta na base da resignação, como se brincasse com uma prima querida que encontramos no velório do pai morto. Na verdade, ela também não estava muito à vontade embaixo daquele chapéu e dentro do maiô antigo, com aqueles óculos de coruja, e uma fita (quase esqueço da fita) azul e branca que enlaçava seu pescoço. Ruína fantasiada de tia Carmela em 1972, era o que me faltava.

— Faz um café pra gente?

Os beijos apaixonados da chegada no aeroporto também tinham ficado para trás, foram dois, e agora nada de foda, nada de beijo. Nada de nada, assovios.

E logo em seguida, pediu "desculpas" e "compreensão", com a mesma solenidade que agradeceu por ter ido ao Beco das Garrafas e com a mesma deferência que filmou o grande escritor mijando no canteiro da avenida mais chique do Brasil.

Como se dissesse: "Calma, Marcelo, tenha calma comigo que eu vou dar pra você".

— Só lamento uma coisa, meu amor — eu disse.

— Que foi?

— Você vai ter que escolher — esbocei um ar de gravidade e indignação, num tom de dá ou desce.

— ?

— Chapéu ou capacete?

Ela, que era única, também ia ser a primeira. Ia estrear a garupa da Harley:

— Além de personagem, agora sua cobaia.

— Faça sua escolha, Sofia. Senão não vai ter praia, e eu não vou fazer café pra você. E então?

— Não vai ter café?

— Não!

— Os dois, bobo. É só levar o chapéu na mochila.

Desde o auge das nossas grandes fodas, quando ela traía o maridinho com o "escritor maldito" que por acaso era eu mesmo, desde sempre ela adorou meu café, suspeito que até mais do que meu sexo.

Repito. Havia me dedicado com afinco a trazer Ruína para o Rio. Durante os últimos sete anos, e principalmente no decorrer dos últimos meses até que finalmente retomamos contato, eu vivi quase que exclusivamente com este propósito, trazê-la para o Rio. E consegui.

Só precisava abstrair tia Carmela.

Tinha tanto Rio para mostrar além do Beco das Garrafas, a imaginei em mil lugares e situações diferentes, do Leme ao Pontal e do Bairro de Fátima à Ladeira dos Tabajaras, desde o Bar do Peixe, passando pelo Nova Capela em vias de extinção e depois Adega Pérola bem ao lado da estação Siqueira Campos pra depois atravessar a Niemeyer e ir pro Rancho do Ateu em Jacarepaguá que serve a mais improvável e suculenta costela assada no tanque de gasolina. E de lambuja ainda tinha a zona norte que ficou de fora da letra do Tim Maia, que eu também conhecia mais ou menos, ia levá-la pra comer ostras na Desembargador Isidro e depois um "feio" (bolinho de carne) no bar da Amendoeira, tanto Rio só pra ela, só pro meu amor. Em princípio, cogitei ir pegá-la no aeroporto de moto, mas descartei a ideia porque não tinha tanta bala na agulha. Da Barra até o Santos Dumont sozinho, tudo bem. Eu encarava. Mas o caminho de volta, de noite, bêbado com ela na garupa, ia dar merda com certeza. E o ápice da idealização seria o passeio que faríamos agora, ela na garupa da Harley grudada nimim cruzando a reserva de Marapendi a caminho do Recreio, claro que o ideal seria fazer o passeio depois de uma bela foda, mas ainda tínhamos todo o final de semana pela frente, calma, Marcelo, ela mesmo antecipara o *grand finale*, tenha calma.

Sete anos, três livros, haja paciência.

9

Tenho que falar da "Monstra".

Enquanto arquitetava a vinda de Ruína, resolvi comprar uma moto que pesava 300 kg, logo eu que até os cinquenta anos de idade — já disse — não conseguia sequer me equilibrar sobre um patinete. E mais uma coisa: em tempos de inclusão a qualquer custo e demandas sociais mais do que justas e prementes, o que vou escrever aqui, como tudo o que escrevi e que caracterizou este livro até agora, vai ter um ranço de heresia — e talvez seja mais do que ranço: além de heresia, deboche. E talvez por isso mesmo, porque este livro não conta a história de um cara que fez um pacto com o diabo nem fez qualquer pacto com os mais humildes e necessitados, exatamente por isso e porque antes de entrar em contato com Valéria eu andava meio deprimido e cheio de dinheiro no bolso — ou seja, precisava dar um lustro no ego —, por tudo isso e mais um pouco é que a Monstra entrou na história.

Contratei um instrutor credenciando, paguei uma fortuna pro cara me ensinar o que era uma Harley-Davidson. Abraço, Newton! Um nojo, tava metido pra caralho naqueles dias, e o pior — heresia das heresias —, descobri o segredo da serenidade e do equilíbrio em cima de uma *chopper* que custava 50 mil reais, durmam com um ronco desses escritorzinhos metidos a *outsider*, malditinhos do SESC.

— Olhou pro buraco, o buraco engole você — o instrutor era a reencarnação de Nietzsche sobre duas rodas.

Foi a Monstra que me trouxe de volta para a realidade. Rivotril é para as almas pobres e fracas, Rivotril é pra poeta de sarau, pega no meu pau. Quando o cara está sentado sobre 1.700 cilindradas não pode se dar ao luxo de ficar deprimidinho, não tem essa de sonhar, de sentir o vento na cara, de passear. Abstraiu, caiu.

Evidente que se você tiver 50 mil reais para comprar uma Harley, tudo fica mais fácil. Se o seu objetivo é queimar esse dinheiro, melhor ainda. A única coisa que você não pode fazer, meu caro, minha cara, é amarelar no meio do caminho. Vacilou, caiu. Caiu, morreu. A Monstra me ensinou que, apesar de todos os riscos e da iminência da queda, eu ia pelo caminho certo. Para não cair, dizia o instrutor, você precisa ser um cara obcecado. Ah, isso sempre fui, desde criancinha.

Desse ponto de vista, além de obcecado, psicopata assumido e louco varrido de carteirinha, a Monstra me fez descobrir outra qualidade a 150 km/h: apesar de todos os indícios que diziam o contrário, ela me provou que — pasmem — além de equilibrado, sempre fui um cara lúcido. Sim, lúcido e equilibrado. Ora, se não fosse um cara equilibrado, repito e faço questão de separar as sílabas, um cara *e-qui-li-bra-do* e lúcido não estaria aqui para contar a história:

— Sobe aí, meu bem. Confia nimim.

Enquanto tomava cervejotas no quiosque, ela alterava quiosque, praia e mar. Tirou algumas fotos protocolares, postou no feicebuque. E basicamente foi isso, dois estranhos no Rio de Janeiro, além de camarão frito no alho e óleo e uma conversa distante e mais protocolar que as fotos e os comentários óbvios dos amigos dela no feicebuque.

Era muita playboyzisse, autoconfiança, babaquice e felicidade juntas de minha parte, admito. Tanto que apenas na volta da praia, lá pelas três horas da tarde, quando saímos da Reserva e alcançamos a avenida Sernambetiba, quase chegando em casa, é que me dei conta do "protocolo" cumprido à risca, com exceção de um detalhe.

Tinha um fantasma na garupa da moto ocupando o lugar da mulher apaixonada que, menos de dez horas antes, me aplicara um beijaço no aeroporto. Instintivamente, quando paramos num semáforo, trouxe os braços dela para junto da minha cintura, e a obriguei a me enlaçar. Não demorou uns cinco segundos e ela se desgrudou tão instintivamente quanto eu a tinha puxado para perto de mim. Achei esquisito, não falei nada. Não falamos nada.

Às 20 horas, meu amigo Zé Gustavo ia se apresentar com o Terreiro de Breque no Morro da Conceição, avaliei que seria uma chance de corrigir meus eventuais exageros, e recuperar o tempo perdido. Um programa pé no chão, nada de playboyzisse e demonstração de virilidade sobre duas rodas. Ela precisava recuperar o comando, e essa era a chance. Muito embora inopinadamente distantes, estávamos animados com o programa.

* * *

Tinha uma surpresa pra ela:

— Vem, cá. Olha só o que comprei pra você.

— Pensando em você, comprou pra mim, né?

— Gostou?

Sentada na cama, ela fez o devido charme e acendeu o cigarro na piteira. Ato contínuo tragou o cigarro como se mamasse uma pica e aproximou-se de um homem entupido de Cialis e anestesiado de tesão, que estava deitado ao lado dela — e que por acaso era eu mesmo. E aconteceu a cena idealizada nas minhas punhetas mais caprichadas, exatamente como eu imaginara. Era o ápice do tesão. Ia dar tudo certo, as taras dela combinavam com as minhas, a gente se entendia, putaquemepariu: uma nuvem de fumaça bafejada bem na minha cara. *Smoking fetish*. Meu pau endureceu feito aço, titânio, diamante puro. Bastava ela montar nimim e cavalgar por uma estrada colorida, depois eu é que ia cavalgá-la, etc. e tal, e por fim encerraríamos aquela agonia de uma vez por todas.

Tão logo soltou a fumaceira, bateu em retirada. E eu fiquei ali na cama, sem palavras, desamparado e de pau duro.

Da cozinha, fez um comunicado. Como se nada tivesse acontecido, disse que ia preparar uma vitamina, ou qualquer coisa parecida. Depois ligou para a filha, no mesmo tom protocolar, e falou que tinha saudades e que, na segunda-feira antes do almoço, ia tomar a lição de casa da menina: "Estou de olho, hein?".

Fui pro banheiro e toquei duas punhetas seguidas. Uma pela fumaça bafejada na cara, outra pela ameaça da lição de casa. Uma dona de casa e uma mãe zelosa, o que mais eu poderia querer?

* * *

Uma boa distância — de carro, descartada a moto — a ser percorrida da Barra até o Morro da Conceição, contando com o trânsito da farofa de sábado de todas as praias que atravessaríamos, porque, pentelho que sou, eu não ia perder a chance de mostrar o quiosque frequentado pelo Zeca Pagodinho quase que vizinho de casa, e mais pra frente ia meter a boca no prefeito por causa da porra da Ciclovia Tim Maia, que, com esse nome — piadinha pronta que ela não ia achar muita graça —, só podia mesmo desmoronar, aí Leblon, Ipanema, Copacabana, Botafogo, Burle Marx, Lota & Aterro, Flamengo, Catete, Glória dos travecos mais bonitos do Brasil, Lapa do malandro que há quarenta anos aposentou a navalha e Cinelândia via Rio Branco, Praça Mauá e depois, com a graça do Zé Pilintra, chegaríamos atrasados no samba do Morro da Conceição, mas tudo bem, ninguém atrasa no Rio ainda mais quando o Conceição é vizinho do Morro da Providência onde Machadão nascia — ou teria nascido no Conceição? — cento e cinquenta anos antes do lero-lero e da lenga-lenga meticulosamente planejados por mim, e nisso — por baixo, sendo otimista e apesar de tudo — demoraríamos uma hora e meia para chegarmos meia hora atrasados no samba que o Zé me convidou e que eu não fazia a menor ideia de como conseguiria chegar nem que roupa usaria — e não cheguei, e não fui, não fomos, porque no momento em que eu disse "vamos" uma caganeira trazida literalmente dos quintos dos infernos inviabilizou nosso passeio.

Segundo a leitura que Valéria fez um mês depois — essa diarreia seria apenas um pequeno aperitivo da maldição enviada pela gordurubu via whatsapp, ou o anúncio objetivo da grande cagada que viria na sequência, e que sorrateiramente começara a nos atingir um dia antes, no Beco das Garrafas — "Obrigada, Marcelo".

Eu mijava pelo cu. Começou mais ou menos às 17 horas, e a cada três ou no máximo quatro minutos era obrigado a ir correndo pro banheiro. Não vai dar, meu amor, se o samba do Zé fosse aqui ao lado de casa, bem que tentava. Mas não vai dar para atravessar a cidade com essa caganeira louca, desculpa, sinto muito, acho que foi a emoção. Às 18 horas, piorou. Às 19 ultrapassou os limites do suportável. Às 20 eu já devia ter emagrecido uns cinco quilos.

Quase 21 horas e ela aparece toda feliz e saltitante na penumbra do quarto, enquanto eu me encontrava em estado de prostração quase cadavérico:

— Você vai ficar chateado se eu te pedir uma coisa?

O que ela poderia me pedir naquelas circunstâncias?

— Sabe o que é?

Pensei: "Vai querer me levar pro hospital, mas eu vou dar uma de fodão. Não vou!".

— Hoje, lá na praia.

— Hã?

— Então... uns amigos gays curtiram as fotos no feice. Tão apaixonadíssimos, vieram passar o final de semana em Copacabana e querem me ver.

Pensei: que lindo o amor, um casal de bichas em lua de mel. Inveja.

E disse:

— Legal, hein?

— Você vai ficar chateado se eu for pra lá me encontrar com eles?

— Imagina, que nada. Vai lá. Você não vai mesmo ficar aqui cagando no meu lugar, né?

— Jura?

Filha da puta, escrota, vacilona. Como assim? Vai me abandonar aqui sozinho no meio de uma caganeira transatlântica para ir atrás de amigo gay em Copacabana? Claro que eu não precisava de ninguém para limpar a minha bunda, mas que porra, depois de sete anos de idealização com a droga do Rio de Janeiro, puta dificuldade pra gente se acertar, e justo num momento de merda que podia não ser o mais apropriado mas que ensejava, vá lá, cuidado, afeto e ternura, logo nesse momento ela resolve se pirulitar pra Copacabana atrás de amigo gay?

E se tivesse dado uma caganeira numa das bichas amigas dela? Evidente, óbvio e ululante que uma bicha (em lua de mel) jamais abandonaria a outra para ir ao encontro de uma *mu-lher* do outro lado da cidade, não era possível que faltasse tanto discernimento a ela. Ninguém pode cobrar delicadeza de ninguém, as pessoas nascem grossas e selvagens e se tornam mal-educadas. O nome disso é natureza humana, o ser humano é um lixo porque têm os instrumentos e a capacidade de varrer a bestialidade para debaixo do tapete, mas nem sempre faz isso. Ao contrário, reafirma com garbo a fera que tem dentro de si, faz questão de ser grosso, relincha, urra, põe coentro na feijoada, manda emojis e vai se encontrar com os amigos gays em Copacabana.

Bom dizer que a grosseria não era exclusividade de Ruína, mas geral.

Trata-se de uma verdadeira epidemia — como é que eu posso chamar? — "humana". Cada vez mais o esforço no sentido de educá-lo a embuçar o bicho que existe dentro dele "humano" resulta em decepção e quebra de expectativas; poxa, até as focas conseguem ser engraçadinhas e educadas. Às vezes "educa-se" na base da porrada, e quando nem a porrada funciona, existem as leis e o código penal. Mas até para se submeter às leis, o filho da puta tem que entender (o que é diferente de aceitar...) o que se passa com ele e com a sociedade em que mal e porcamente está inserido. Ou ele acha que a meia-entrada, a faixa de pedestres e os panos que lhe cobrem a carcaça caíram do céu? *Cazzo*! O filhodaputa tem que ter o mínimo de discernimento e sensibilidade. Porra, caralho, putaqueopariu, tem todo um processo histórico, uma porra de um pacto social,

Hobbes, séculos e séculos de muita dor e sofrimento, massacres e aprendizados, guerras, tratados, concílios, assembleias, atas, tertúlias, um Shakespeare no meio do caminho, encarnações e reencarnações... para nada?

Faltou discernimento, faltou civilidade a ela, o mínimo de civilidade, xucra, vacilona, filha da puta.

Ainda que tivesse brochado comigo, ainda que não tivesse me dado os beijaços no aeroporto, mesmo que nosso histórico de trepadas memoráveis fosse coisa de um passado remoto e idealizado, ainda que se tratasse somente de uma boa amiga, mesmo assim e por isso mesmo já seria uma tremenda falta de consideração abandonar o amigo no meio de uma caganeira; ora, eu não sou um cara sovina nem avarento, quando tenho dinheiro gasto sem dó nem piedade. E não é que eu cobrava alguma coisa material, mas que porra, ela estava hospedada na minha casa e, além disso, comprou a passagem para o Rio com a senha do meu cartão de crédito; sim, é isso mesmo: dei a senha do cartão de crédito para ela. Um exemplo da delicadeza e da consideração supracitadas que, eu imaginava, serviria para aumentar ainda mais a confiança, o amor e o respeito que tínhamos um pelo outro, doce ilusão. Bastou uma prosaica caganeira para que todas as minhas crenças no amor e na civilidade da espécie humana fossem despejadas no sistema estadual de águas e esgotos do Rio de Janeiro, subestação Barra da Tijuca. Ela simplesmente resolveu me trocar por um casal de amigos gays que passava a lua de mel em Copacabana, "tchau, se cuida hein?".

— Vai, pode ir. Tá tudo certo, vai lá, vai se encontrar com seus amigos gays. Eu me viro.

Arredondando os números. Digamos que desde que o Uber chegou às 21h15 até às 5h45 da manhã do dia seguinte, quando ela deu o ar da graça, bem, digamos que a cada cinco minutos eu tenha acusado uma cagada, digamos que passei uma noite de flores, plantado no vaso, e digamos que, além de não dormir por causa das cólicas e do rabo assado, eu estava preocupado pra caralho com madame porque ela não conhecia o Rio de Janeiro, digamos que eu não sabia quem eram os merdas dos amigos gays dela e que Copacabana fica bem longe da Barra da Tijuca, tudo isso somado, arredondando os números, digamos que desde às 21h15 até às 5h45 do dia seguinte transcorreram quase nove horas de aflição, paranoia e caganeira, ou ainda, a cada cinco minutos uma diarreia e isso equivale mais ou menos a dez diarreias por hora ou cem diarreias até ela abrir a porta do apartamento, passar pela sala, atravessar o "quarto da Rê" (segunda-feira cedinho vou tomar a lição, hein?, mamãe tá morrendo de saudades), ir até o terraço, fumar um cigarrinho, passar pelo hall que divide a área comum da suíte e, depois de me achar sentado na privada, perguntar: "Tudo bem, Bolota?".

Tudo uma merda, sobretudo porque exatamente na hora que ela entrou no apartamento recebi um SMS avisando que oitenta e quatro reais e quarenta e quatro centavos haviam sido debitados do meu cartão de crédito.

10

Fevereiro de 2016, dois anos antes:

— Me tira daqui, abaixa a grade. Me tira daqui, fanchona! Você me paga!

Não bastasse a gordurubu, tinha meu pai. Era ele aí em cima, em estado terminal e viajado de morfina amarrado na cama do hospital da Santa Casa de Passos-MG, que me cobrava. No delírio, acreditava que eu o havia prendido na cama. Pela primeira vez jogou a letra nua e crua na minha cara: fanchona. Ou aquele que é frouxo, meio viado e, o pior, metido a artista. Um vagabundo que passou a vida inteira gastando o dinheiro dele e que não teve competência sequer para lhe dar um neto: "Você me paga".

* * *

Só podia ser meu pai, passou a vida fazendo turismo na maionese, o amei ao longo de cinquenta anos e o admirei incondicionalmente e sempre estive ao lado dele, e ele, à maneira dele, nunca deixou de retribuir o amor e a admiração que sentia por mim, a gente apenas não se comunicava a contento. Eu, no lugar dele — em condições mentais ditas "modelares" —, também não saberia explicitar os sentimentos contraditórios que ele desenredou no leito de morte. Entretanto, viajado de morfina, conseguiu finalmente dizer o que sentia com relação ao filho frouxo, meio viado e vagabundo que não teve sequer competência para lhe dar um neto. O velho estava coberto de razão, e a fatura, conforme prometida no leito de morte, não podia ter chegado em pior hora.

As mãozinhas enfurecidas, a voz que destoava da própria voz, a forma de sentar e olhar para cima e para baixo e movimentar o corpo em pêndulo, o tom de desprezo e arrogância daquele que é o patrão e paga as contas. Ele sabia humilhar, e usava a palavra "despesa" como se fosse uma arma, um mantra que era veneno puro e ao qual a vítima, quase sempre inocente, não tinha alternativa senão entregar o pontos, o velho matava por asfixia. Não era apenas humilhação, ele inoculava uma culpa mortal que fazia o pobre coitado sucumbir à própria acusação que lhe era desferida, não tinha como escapar. Uma cobra: e foi exatamente dessa maneira — a voz dissonante, o movimento pendular e as mãozinhas enfurecidas, igualzinho a ele —, uma cobra montada num cavalo, foi assim, e também com muito prazer, que acusei a mulher que eu tanto amava de ladra, a mesma que havia me largado para ir atrás dos amigos gays em Copacabana, ela, que no futuro — segundo Valéria — ia salvar nossas vidas trazendo o filho da nossa alucinação em seu próprio ventre:

— Que despesa é essa?

Jorginho Bush em transe. Operação tempestade no deserto. Você derrubou minhas torres gêmeas? Então aguenta, filhadaputa:

— Que despesa é essa?

— Hã?

— Olha a porra da mensagem que acabei de receber no celular: R$ 84,44 centavos. Você pode me dizer que despesa é essa?

— Má — ela me chamava de Má —, do que você está falando?

— Por que você não avisou? Você acha que eu sou um alucinadinho e não tenho controle dos meus gastos? Eu teria autorizado, porra!

Outra ideia que o velho adorava: "autorização". Você podia matar, roubar, cometer a maior cagada e as maiores atrocidades desde que ele tivesse "ciente" do ocorrido, tinha necessariamente que passar pelo crivo demente e despirocado dele, desde que tivesse ciência e "autorizasse", e ele sempre autorizou e nunca teve ciência de porra nenhuma, estava tudo oquei.

E eu reproduzia os gestos, as ideias e os termos e a escrotice singular e característica do velho, era ele quem dava o chilique; meu Deus, eu não sou desse jeito, não, não estou dizendo que sou um cara legal, tenho minhas próprias vilezas e mau-caratismos, e sou muito mais sútil e vingativo que o velho, a porra do sangue siciliano nas veias; jamais, por exemplo, cobraria as "despesas" de Ruína, jamais poria minha "autoridade" (leia-se carência) em risco de maneira tão precária e tosca: o velho era uma cobra, eu sou um rato. Naquele momento, ele me possuía e cavalgava, não tenho qualquer dúvida com relação a isso:

— Eu não gastei seu cartão de crédito, Má, juro que não.

— Ah, tá. Então fui eu, gastei com papel higiênico e Hipoglós! Você pode me dizer que despesa é essa?

Eu havia entrado em surto, dava chiliques, mexia as mãozinhas igualzinho ao velho:

— Você me paga!

Ela despencou. Foi pro "quarto da Rê" e se trancou lá, e eu continuava vociferando "que despesa é essa, que despesa é essa?", alucinado, fora de mim, vingado.

Satisfeito. Todo cagado, mas satisfeito. E agora não era o velho, era eu mesmo. Foda-se, não gostou, que se foda, o que ela queria depois de ter me abandonado com essa caganeira, depois de ter passado a noite na gandaia com um casal de viados filhos da puta, não bastasse ainda usou o cartão de crédito sem o meu consentimento, bem, "consentimento" era outra ideia do velho, eu ainda devia estar *mezzo* possuído pelo abantesma da cobra. Nisso, Ruína entrou no quarto, aos prantos:

— Deixa eu ver seu celular.

— O quê? Você quer ver o quê? Tá aqui, ó. Olha, pode olhar: R$ 84,44. Que despesa é essa?

Era o aviso da operadora de telefonia. Às cinco horas e quarenta e cinco da madrugada, no exato momento em que Ruína abriu a porta, haviam debitado oitenta e quatro reais e quarenta e quatro centavos do meu cartão de crédito. Isso por ocasião do meu novo plano de 10 megas e não sei mais quais benefícios que somente a Oi poderia me oferecer, e a coisa podia melhorar muito mais pro meu lado se eu assinasse o megaplano de 20 megas com direito a internet e ligações e SMSs infinitos e gratuitos para qualquer operadora, daqui e do exterior.

— Desculpa, Loló — ela me chamava de Má, e eu a chamava de Loló.

Que vergonha, a vida de Ruína não era feita de autoficção. Pra valer, acordava às cinco horas da manhã, e ia dormir à meia-noite, todos os dias. Dia após dia presa no trânsito caótico das marginais, vida dura, morava em Barueri, e administrava condomínios em Guarulhos, Osasco, Cidade Tiradentes e não sei mais quais quebradas, o dia inteiro ouvindo e administrando as infelicidades de moradores e porteiros, encanadores e eletricistas, além disso sustentava mãe, filha, o espírito santo, a irmã e mais duas sobrinhas;

eu, no lugar dela — no mínimo —, teria matado e esquartejado o playboy folgado, filho da puta, fanchona e metido a artista, cagalhão de merda. Enfia a moto, o dinheiro, a herança, a fazenda de café e os precatórios, enfia tudo isso e mais o fantasma do seu papai vingativo, enfia tudo nesse cu assado de diarreia, seu bosta.

Ah, meu Deus, que vergonha.

11

— Mas como eu não vi que era uma mensagem da operadora de celular?

— O diabo te cegou, meu filho. E só ele, só o diabo, pode tirar você da escuridão.

12

Um domingo glacial no Rio de Janeiro, menos a diarreia. Que sumiu depois de uma tarde e uma noite desastrosas: de repente ou depois de ter cagado a vida presente e talvez várias reencarnações passadas, me senti bem-disposto — como se isso fosse possível. O que não passou foi o vexame que dei ao humilhá-la por causa de oitenta e quatro reais e quarenta e quatro centavos. Tentei mais um pedido de desculpas no começo da tarde, ela respondeu com um muxoxo. Achei pouco diante do tamanho da acusação que tinha lhe desferido, quase nada. Ela chorava baixinho, derrotada, parecia um tatu-bola. A única coisa que consegui tirar dela foi um "quero voltar para casa".

Impressionante que do beijão do aeroporto, na sexta, até a tarde daquele domingo tanta coisa escrota tivesse acontecido à nossa revelia, como se em poucas horas uma borracha tivesse apagado a gente. A pessoa que vi na cama se resumia a isso: um borrão, a rasura de uma intenção de qualquer coisa apagada com tanta força a ponto de atravessar e inutilizar o papel que não mais a suportava. A mesma coisa acontecia comigo, só faltava amassar e jogar no lixo.

No dia seguinte o avião decolaria às sete da manhã. Fiz umas contas, e dentro do pouco que me sobrara de credibilidade, expliquei que o trânsito do Rio na segunda-feira era invariavelmente pesado e imprevisível, teríamos que sair muito cedo da Barra para chegar no Santos Dumont uma hora antes do voo, então sugeri que fôssemos — dali a pouco — para um hotel em Santa Teresa para não correr o risco de perdermos a hora no dia seguinte, ela aceitou: segunda-feira às nove da manhã tinha de tomar a lição de casa da filha e, de tarde, ia presidir uma assembleia em Santo André, era o ramerrame que seguia. Não existia mais Rio de Janeiro, mesmo assim achei que o começo de noite em Santa Teresa podia ser a oportunidade de pedir desculpas mais uma vez, e quem sabe recuperar um pouco do afeto que ela talvez ainda que remotamente pudesse sentir por mim. O problema é que, com o fôlego retomado, retomei também o ímpeto de guia de turismo, caraio, como sou chato e inconveniente:

— O mar do Flamengo, antes do aterro, arrebentava aqui exatamente nessa murada, foi aqui que Escobar se afogou.

— Rãrã.

Deve ter sido um sacrifício para ela ouvir o lenga-lenga desde a Barra até chegar em Santa Teresa, claro que em outras circunstâncias seria uma festa. Mas do jeito que o clima pesava, era como se outra vez eu enterrasse vivo o defunto do nosso amor — que evidentemente não precisava de um guia de turismo para apodrecer por conta própria.

Valeu, gordurubu, valeu, papi. Idem japonês catimbeiro e todos os filhos da puta que me urubuzaram nos últimos vinte anos, valéééu.

Quando chegamos em Santa Teresa a coisa piorou: matraqueava como se tivéssemos passado o final de semana trepando e tomando caipirinha. Ney Matogrosso e Caio Fernando Abreu moraram ali e ali, a Missa do Galo do Machadão também se passa aqui, sabia que a Riachuelo é a antiga Mata-Cavalos de *Dom Casmurro*? Santa Teresa tem a vista que, para mim, é a mais bonita do Rio de Janeiro, toda a extensão da Rio-Niterói, a Central do Brasil e o Maracanã etc. etc., como se ela tivesse muito interessada na vista que escolhi para ser a mais bonita do Rio de Janeiro, niqui (como diria Reinaldão Moraes) arrumei uma vaga e estacionei o carro no Largo dos Guimarães, a vista mais linda ficou pra depois. Seguimos a pé: olha que charme esse cineminha, passamos o bar do Mineiro que há tempos assaltava os turistas e que, bem feito, havia sido assaltado naqueles dias, e o idiota aqui achou que podíamos fazer um pit-stop para experimentar o pastel de feijoada mas não rolou porque tinha gente pracaraio, muitos casaizinhos apaixonados querendo fazer o mesmo programa, e então ela disse que não e seguimos em frente até chegar no bar do Gomes.

Tive a ideia de pedir uma cachacinha para comemorar, afinal minha verve devia ter servido para consertar alguma coisa, ela permanecia calada. E às vezes esboçava um sorriso.

Ela também pediu uma cachaça, bom sinal, ótimo sinal e o melhor de tudo: demonstrou preocupação comigo. Você ainda vai tomar cachaça? Avaliei toscamente que a preocupação dela era um sinal de que tínhamos uma chance, nem tudo estava perdido. Pediu outra. E virou o copo num gole só. Pediu mais uma em seguida, e virou. E começou a falar, basicamente que eu era um escritor de merda. O melhor que ela havia conhecido quando se tratava de falar de si mesmo. Esse era o meu assunto, e tudo o que se encontrava ao redor do meu umbigo era uma extensão do meu umbigo, que nem Deus nem o diabo, que nem a terra nem o céu e nada do que respirasse e que também não respirasse podia existir fora do meu umbigo, pediu outra cachaça e novamente, segundo minha avaliação tosca — porque ela abriu um sorriso lindo e enfatizou que eu era um bosta — aquilo devia significar uma espécie de senha para o beijo, não a beijei e ela entornou mais uma dose e falou um pouco da noite que passara em Copacabana. Disse p'reu me preparar, e pediu mais uma dose pro garçom. Segura aí que vem mais um lustro no seu ego, *monsieur écrivain*, e me contou que ela e os amigos gays beijaram a estátua de Drummond na boca, e cada um deu um nome diferente pro "bofe de bronze". Ela chamou Drummond de Marcelo: "Está feliz, seu filho da puta egocêntrico da porra?".

Pedi desculpas.

— Desculpas, Marcelo? Você está pedindo desculpas a você mesmo. Você é o guia turístico do seu próprio ego.

Em parte era verdade, em parte era o pretexto que ela precisava para constatar que havia ocorrido um engano, e que eu, na verdade, lhe causava engulhos.

— As borboletas viraram morcegos no meu estômago, *monsieur écrivain*.

Imediatamente lembrei do livro da Adriane Galisteu, achei aquele papo de borboleta bem breguinha, e resolvi dar um desconto a ela que, finalmente, depois de um dia inteiro de muxoxos e silêncio, desabafava e me dava um troco. Merecido. Isso era bom. Tive vontade de beijá-la, e ela pediu mais uma dose de cachaça. Depois da décima primeira cachaça, deu *blackout*. Antes de ela sair completamente do ar, porém, gostaria de lembrar algumas coisas que me disse ao entornar a quarta ou quinta dose.

Quando senti que ela me abraçou de verdade, abraçou forte, segurou nimim pra valer e contrariou o fantasma da garupa da Harley, antes da grande cagada. Primeiro me contou da festa surpresa que estragou seu aniversário quando era bem menininha, e todos os outros aniversários e festas estragados dali em diante. Da dificuldade de lidar com a dor de ser preterida mesmo sabendo que mais tarde viriam os cumprimentos: passara o dia esperando presentes, beijos e abraços e, no entanto, os pais e os amiguinhos e a irmã fingiam que nada acontecia. Nunca, portanto — me disse — haveria festa em sua vida. Como se a dor e a tristeza comprometessem qualquer possibilidade de futuro, uma vez que a felicidade era uma "arma quente" que sempre chegaria tarde demais, ela adorava Belchior. Eu nunca achei Belchior grande coisa. Não falei nada para ela. Uma ocasião, em Fortaleza, tive a oportunidade de conhecê-lo pessoalmente. Belchior era amigo íntimo do pai de Natércia, então me convidaram para uns comes e bebes depois do show que ele fez no Dragão do Mar, mas preferi ficar batendo punheta no quarto do hotel — e não me arrependi.

Bem, depois de ter consultado meus manuais de psicologia de botequim, cheguei mais ou menos à conclusão de que a festa estragada de antemão dizia muito sobre a dificuldade de ela abaixar a guarda, e também sobre o ímpeto de boicotar qualquer tipo de esperança, e valia tudo nesse boicote: desde ser vampirizada por um trabalho que detestava até matar borboletinhas bregas no estômago e transformá-las em morcegos intragáveis — ela manipulava contra si mesma. Toda força, graça, agressividade sexual e o aparente controle da situação que tanto me atraíam, serviam — ao contrário do que eu pensava — não como afirmação de independência e autoridade, mas como instrumentos de sabotagem e autodestruição.

Nada demais, qualquer rivotrilzinho (ou quiçá uma surra bem dada que eu jamais daria) resolveriam o problema de Ruína. Ela entrava no jogo antecipando o resultado negativo e insistia no mantra da melancolia e da infelicidade. Como se fosse refém de um poema nuvem negra. Isso, para ela e para metade da torcida da Portuguesa Santista, guardava um apelo lírico irresistível, mas a fodia de verde e amarelo. Daí a guarda alta, o tesão no mal e nos seus subprodutos: a aposta na traição, na mentira e na demência, como se tais "predicados" exclusivos de sua personalidade maltratada tivessem alguma possibilidade de encontrar reciprocidade e ressonância em mim, logo em mim. De certa forma, era natural que ela identificasse o cúmplice no amante (e vice-versa), mas aquilo que para mim era apenas ferramenta de trabalho, para ela talvez significasse a única chance de subverter a derrota, era o combustível que a alimentava, o escudo que a protegia, razão de viver. Não que eu seja um cara muito legal e bonzinho, mas tamanha escrotice e reciprocidade — para sua imensa frustração — eu tinha a oferecer somente nos meus livros.

A certeza, enfim, de que a Portuguesa — e ela — jamais sairiam da terceira divisão, e a desconfiança *full-time* em tudo o que fosse presumidamente superior a ela, nada mais, nada menos que um complexo de inferioridade dispensável, um oximoro modesto, um pleonasmo que poderia ter consequências trágicas pela insignificância intrínseca que carregava em sua própria razão de ser. Como um barraco miserável condenado pela Defesa Civil por risco de desmoronamento. Claro que ia dar merda, evidente que na primeira enxurrada o barraco ia cair e matar todo mundo que morava lá dentro. E dali ela não saía. Então me enquadrou nesse esquema, e eu, sempre de guarda baixa, "superior" e apaixonado, não entendi bulhufas de sua predileção pela fraude (ou ficção, não sei mais...) — e assim o tesão foi pra casa do caralho, e assim desbarrancamos.

De nada adiantava eu pedir desculpas, afinal Ruína descobriu que o seu escritor preferido, apesar de inalcançável, não era nada diferente dos pais, da irmã e dos amiguinhos e, portanto, não era muito difícil entender por que ela brochou comigo, eu simplesmente havia estragado a surpresa, a festinha infantil dela. Eu era apenas mais uma decepção, igual a todas as outras que teve e igual a todas as outras que teria ao longo da vida.

Depois, acho que na quinta dose, ela me falou em Adélia Prado, e na história de um casal que descamava peixes, e em algum momento roçava os cotovelos, acho que era isso. Disse, ou melhor, apontou minha incapacidade de entender um roçar de cotovelos, logo ela que me abandonou numa caganeira homérica para ir encontrar os amigos gays em Copacabana, muito sensível a madame. E, na sexta ou sétima dose de cachaça, chegou a conclusão óbvia de que jogamos fora uma história que, apesar de todos os dissabores podia ter dado certo. Nesse momento as lágrimas dela diziam o contrário do desencanto. Sem perceber, ela havia conseguido abrir nosso coração. Por que não — ela insinuou — descamar peixes e roçar cotovelos à nossa maneira? Era tanta verdade nas lágrimas que rolavam de sua face que senti que se não a beijasse naquele instante iria perdê-la para sempre, era naquele momento ou nunca mais, porém quando fui pegar em suas mãos para depois beijá-la aconteceu o contrário do beijo: nos perdemos como dois afogados que puxam um ao outro para o fundo do mar — ao nosso modo isso queria dizer que roçamos a porra dos nossos cotovelos e descamamos, sim, um cardume de peixes.

Ela perdeu a consciência mas o corpo não apagou: saiu do bar correndo desarvorada pelas ladeiras de Santa Teresa. Eu tentava me aproximar e era rechaçado como se fosse um encosto das madrugadas da TV Record. Nem eu, nem ela. O diabo entre nós. O diabo que a empurrava ladeira abaixo, ele que a levou.

— Satanás leva, Satanás traz — garantia Mãe Valéria transida, a renovar minha esperança em dias melhores.

Ruína ladeira abaixo era somente ódio. Um ódio seminal que brotava dos intestinos do mundo e descia numa enxurrada furiosa pelas ladeiras de Santa Teresa. Eu tentava ir atrás. Mas junto com o ódio ela manifestou todo o nojo e a repulsa que sentia por mim. Nunca mais vou esquecer do semblante retorcido, do desamparo, da solidão e do desespero da mulher-ladeira-abaixo, como se eu, homem-bueiro, fosse o escoadouro de todas as festas estragadas e tivesse arruinado todas as surpresas que não aconteceram em sua vida. As verdades e os fantasmas dela sangravam diante de mim com uma força descomunal. E foi no meio dessa fúria quase que bestial, apesar de todos os feitiços e apesar de todas as maldições — e por incrível que possa parecer —, que tive a certeza de que a amava profundamente.

Pela primeira vez, tive a dimensão do amor que supera os limites de qualquer altura e que está acima do próprio ego, como se tivesse alcançado um mirante onde enxergava todos os acertos e desacertos que cometi na vida. Nunca havia chegado num lugar tão alto e com uma vista tão privilegiada de mim mesmo, e lá de cima eu a vi despencando, pedindo socorro e irremediavelmente se afastando do nosso amor, e eu nada podia fazer senão constatar a miséria e a inutilidade deste amor, e amá-la cada vez mais.

* * *

Um homem ruivo saído da boca da noite apareceu diante de nós, decerto ouvira os guinchos, uivos e gritos de desespero da mulher-ladeira-abaixo. Sorte nossa, pois fazia mais de uma hora desde que ela partira em disparada do bar até cair no passadiço de um sobrado centenário, mais de uma hora que ela fugia de mim. Se não fosse o homem ruivo a carregá-la nos ombros até o hotel talvez tivéssemos passado a noite na sarjeta. Um pouco depois de despencar na cama, ainda com forças para me rogar pragas e esconjuros, pediu "xixi" — tão bonitinha, pediu "xixi". Mais um sacrifício para levá-la da cama até o banheiro. Ela mesma abaixou a calcinha, e com certeza este esforço somado ao alívio de ter esvaziado a bexiga fez com que — depois de ter lutado feito uma leoa para se ver livre de mim — apagasse completamente. Sozinho, eu não conseguiria levantar a calcinha e levá-la de volta para a cama. Então suspendi a calça com a calcinha abaixada, e me dei por satisfeito.

Duas ou três horas depois o despertador tocou. Estávamos atrasados. No esforço da noite anterior para colocá-la na cama, antes do xixi, o quarto do hotel foi revirado pelo avesso devido à reação inconsciente dela que ordenava me rechaçar a qualquer custo; se fosse um poema, equivocadamente plagiaria Ferreira Gullar e chamaria de luta corporal. Nessa confusão, a mochilinha de hippie emborcou. Tive pouco tempo para recolher os objetos espalhados pelo chão, uma escova de cabelos, uma barrinha de cereais, carteira e moedinhas, lembro de um batom de manteiga de cacau e um estojo de lápis de cor, alguns remédios e, escondido entre a cômoda e a quina da cama, quase camuflado pelo tapete do quarto do hotel, minúsculo, um pen-drive, que entreguei nas mãos dela. Ainda transida pela ressaca da noite anterior, e meio anestesiada, jogou o pen-drive dentro da mochila junto com os outros itens, e não falou nada. Já no carro, a caminho do aeroporto, ela me fez uma cobrança, quase uma acusação, que me deixou ainda mais arrasado: queria saber o porquê de ter amanhecido com a calcinha arriada e se havia necessidade de tomar anticoncepcional.

Constrangido expliquei o estado que chegamos no hotel, o pedido de xixi, e evidentemente disse que não, não tinha necessidade alguma de tomar anticoncepcional — e pensei comigo mesmo: — sou apenas o cara que te ama, que merda, que grande merda.

Quarenta e oito horas antes ela me beijava no mesmo estacionamento onde quarenta e oito horas depois diria que aquele final de semana foi o pior pesadelo que passou em toda a sua vida, que se Deus quisesse esqueceria tudo, e que eu era um velho de merda e que esperava que eu também esquecesse tudo e que principalmente esquecesse o dia em que nos conhecemos: "Olha o que você fez comigo".

Esqueci de dizer que ela amanheceu com o rosto desfigurado, especialmente o olho esquerdo inchadíssimo, parecia ter sido atropelada num octógono de MMA. Às nove horas da manhã a filha a esperaria para rever a lição de casa, e de tarde tinha uma assembleia para presidir na Cohab de Santo André.

Antes de entrar na sala de embarque, me pediu um abraço.

13

Deu tudo errado, mas tinha o abraço.

Tínhamos o abraço. Ela foi escrota, mal-educada, insensível, uma ogra e havia me abandonado na pior hora, mas tinha o abraço. Eu pisei na bola, fui arrogante, prepotente, playboy, chato, inconveniente, mas tinha o abraço. A macumba da gorda me atingiu em cheio, mas tinha o abraço. Meu pai deu a zoada prometida no leito de morte, apresentou a conta e cobrou as despesas com juros e correção monetária, mas tinha o abraço.

Tinha também um japonês macumbeiro atrás de mim, mas tinha o abraço. O Rio de Janeiro não existia mais, mas tinha o abraço.

A Barra da Tijuca é um equívoco, mas tinha o abraço. Ela me rechaçou nas ladeiras de Santa Teresa, disse uma pá de verdades para mim e me mandou à merda com muita graça, breguice, lirismo e competência, mas tinha o abraço. Ela não *garrou nimim* na garupa da moto mas me abraçou no aeroporto. Que eu enfiasse a Harley no cu. O Hotel Marina quando acende fica no Leblon e não em Ipanema como ela pensava, mas tinha o abraço. Até que Ruína ficava bem fantasiada de tia Carmela em 1972, eu jamais ia conseguir comer tia Carmela, mas tínhamos o abraço. Não metemos, ela não me cavalgou e eu não a cavalguei, mas nos abraçamos antes de ela embarcar.

Tínhamos o abraço.

Quase não acreditei quando ela me ligou na terça-feira. Na hora que vi o telefone dela na tela do celular, pensei: óbvio que aconteceu um desastre e claro que aquele final de semana havia sido um grande equívoco e evidente que nossa ligação era muito maior do que qualquer desajuste, no fim das contas os desacertos e a falta de sorte serviram para nos aproximar ainda mais, o abraço que ela me pediu na antessala do embarque antecipava o telefonema e a reconciliação, no próximo final de semana, ou talvez dali a quinze dias, a poeira ia ter abaixado e esqueceríamos os mal-entendidos e nos perdoaríamos, e os devidos descontos seriam dados para um e para o outro, era questão apenas de tempo para que a tristeza daquele final de semana se transformasse em felicidade, rapidinho tudo seria esquecido e corrigido, ufa!, o quarto da Rê estava lá esperando pela menina e pelas amiguinhas de colégio, e as nossas fotos mais bregas da família feliz com os braços abertos sobre a Guanabara seriam devidamente postadas no feicebuque, para a alegria do povo e a felicidade geral da nação. E muito em breve eu retornaria ao Santos Dumont e ela ia aparecer na sala de desembarque com a mochilinha de hippie nas costas e esta cena se repetiria *ad infinitum* nas minhas lembranças e as lembranças logo se confundiriam com a realidade e o sonho ia se misturar com a fantasia e pronto, *it's alright*:

— Eu proíbo você de ter contato com qualquer pessoa da minha família, se for preciso vou à polícia e faço um boletim de ocorrência. Foi só pra isso que liguei: pra ter a certeza que nunca mais vou ter a infelicidade de me encontrar com você, e pra dizer que li e reli o pen-drive: tá todo decorado no pior lugar do meu cérebro, no lugar onde guardo as piores lembranças, as mágoas mais desprezíveis e os ressentimentos mais escrotos.

— ... o que é que... mas?

— Ouve, filho da puta: tenho um chip no canto mais escuro do meu cérebro onde guardo tudo o que aconteceu de ruim comigo e tudo o que vai ser riscado do mapa e riscado da minha vida de uma vez por todas. É o seu lugar. Vai se foder babaca, foda-se.

14

O pen-drive. Caralho, o pen-drive que achei entre a quina da cama e a cômoda, quase camuflado pelo tapete escuro do quarto do hotel, minúsculo, o pen-drive que entreguei nas mãos dela junto com o batom de manteiga de cacau, as moedinhas, os remédios e o estojo de lápis de cor... e o que mais? Ah, o pen-drive que entreguei junto com uma barrinha de cereais e a escova de cabelo. Eu mesmo entreguei nas mãos dela. Ela pegou, não disse nada. Jogou displicentemente na mochila como se fosse uma barrinha de cereais. Oh, Deus! meu Deus!

Eu o havia descartado há meses. Sumiu, nem lembrava mais da existência dele. E o conteúdo era tão ruim que não o gravei sequer nos meus arquivos. Na minha cabeça tinha ido para a lata de lixo, caraio, só tinha merda gravada naquele pen-drive, era submerda de um rascunho, algo que procurava uma forma literária e não encontrou nada além da expressão do lixo ao qual foi designado.

Como diabos aquele pen-drive foi parar no quarto de hotel?

Deve ter caído no vão do sofá ou em qualquer outro lugar do apartamento da Barra, e ela o achou. Só pode ser isso. Curiosa, achou o pen-drive e não me disse nada, guardou na mochila e o leria — como o leu — em melhor oportunidade. Não tem outra explicação.

O improvável e inacreditável é que EU o encontrei, minúsculo, entre a cômoda e a quina da cama, e têm mais: lembro perfeitamente que o tapete do quarto do hotel era cinza-escuro e isso facilitava a camuflagem do pen-drive, preto. E têm mais: sou muito míope, acabara de despertar de uma noite de horror e minha visão que normalmente é embaçada só vai pegar no tranco — com óculos e tudo — uns cinco minutos depois de eu enxaguar o rosto umas três vezes. Não foi o que aconteceu aquela manhã. Estávamos atrasados, e mal e porcamente consegui urinar, não deu tempo nem de escovar os dentes. Tinha de acordá-la rapidamente sob o risco de perdermos o voo. Na pressa, apanhei as coisas esparramadas pelo quarto. E o minúsculo pen-drive estava lá entre a quina da cama e a cômoda, o localizei sem precisar forçar a visão, dei o bote nele como se fosse uma águia. E entreguei nas mãos dela. Que não disse nada, simplesmente o jogou na mochila como se fosse uma barrinha de cereais, um estojo de lápis de cor, nosso fim.

Ruína sabia que ficção e realidade se misturavam em tudo o que escrevo, é algo quase orgânico. Mas tomar aquelas merdas como uma mensagem endereçada a ela? Se procurava um pretexto, foi a cereja em cima do bolo. A gordurubu caprichara na macumba.

Bem, falar em ficção e realidade, aqui e agora, a essa altura dos acontecimentos pode parecer algo excêntrico. Mas vamos lá. A realidade é que vomitei ódio puro no pen-drive para desopilar, sim, devido a uma pisada de bola da parte dela meses antes de acertarmos sua vinda para o Rio. Para ser franco, foi muito mais que uma pisada de bola. Ela vacilou feio, muito feio, esta é a realidade.

E a ficção de péssima qualidade diz que o maldito pen-

-drive foi parar no quarto de hotel. Odeio efeitos especiais, jamais recorreria a um artifício desses. A mesma ficção de péssima qualidade me transforma no coveiro e no cadáver do meu próprio sepultamento, como pode? Oh, Deus, meu Deus! Que história é essa?

Nem vale a pena querer entender como é que o pen-drive foi parar no quarto de hotel: a tese de que Ruína o achou em algum maldito vão do apartamento da Barra e o guardou na mochila é plausível, mas não me satisfaz.

O problema é que fui EU quem, bovinamente, entreguei o pen-drive nas mãos de Ruína! Que enredo de merda, prefiro excluir a hipótese de ela ter achado o maldito pen-drive no apartamento da Barra, e acreditar — o que é muito diferente de passar recibo... — em macumba, efeitos especiais, "materialização". Juro por Deus, prefiro acreditar que meu pai, a gorda, o japonês (na verdade o japonês é coreano) e os vinte anos de inveja literária conluiados com o capeta são os roteiristas e responsáveis por esta história de merda, uma vez que o conteúdo do pen-drive não constava nos arquivos do meu lepitope. Era algo repulsivo e de péssima qualidade sob quaisquer aspectos: morais, intelectuais e sobretudo literários, um lixo. Lixo, descarte. Ora, se eliminei dos meus arquivos por que diabos iria gravar o vômito odiento no pen-drive? Não faz sentido. Não lembro, não lembro mesmo de ter gravado esse texto em lugar algum, muito menos naquele pen-drive.

Mas a realidade é que gravei.

Foi a cereja em cima do bolo de diarreia.

Do conteúdo recordo vagamente que a personagem atendia por "Escrota". Personagem — bom dizer — que foi livre e sinceramente inspirada em Ruína, o que é algo completamente diferente de dizer que era ela, ou que foi endereçado a ela.

No começo daquele ano desastrado, Chico Buarque ia fazer um show no Rio. Ruína adorava Chico, e eu trago comigo até hoje a recordação de nossa trepada mais feliz depois de um show do Chico em São Paulo. Pois bem, achei que o show no Rio seria um ótimo pretexto para voltarmos aos bons tempos. E a prima de Ruína, lembro, também estava interessada no mesmo show. Eu morava no Leme no começo de 2018, então as convidei para ficar em casa, e elas aceitaram. E para ter a certeza que não ia dar chabu fiz mais: além de reservar ótimos lugares, e dar os convites de presente para ela e para a prima, ainda depositei 2 mil reais na conta de Ruína a fim de — como dizia o Cazuza — "dar garantia": assim ela ficaria tranquila para, além de comprar as passagens de ida e volta, comprar o material escolar da filha, que era começo de ano.

A prima apareceu, ficou em casa. E ela, como de praxe, inventou alguma desculpa. E deu o cano. Dois ou três dias depois, publicou fotos ao lado de um filho da puta na frente da Igreja da Pampulha, ambos felizes e apaixonados. Em seguida, uma esticadinha: suponho que já em viagem de lua de mel, a escrota apareceu numa praia — provavelmente alugaram um carro em Belo Horizonte e foram até alguma praia no Espírito Santo, 2 mil reais. Várias fotos com os pés sobre o painel do carro, fotos no acostamento debaixo de placas que sinalizavam entroncamentos, trocadilhos, as próximas cidades e os lugares-comuns mais babacas do mundo: tudo devidamente festejado no feicebuque. E, por fim, a foto de dois chinelos entrecruzados na forma de coração — ao fundo, o mar e uma bandeja de camarão ao alho e óleo. Pirei de ciúmes e ódio.

E desopilei para consumo próprio. Ódio puro. Que forma literária, o caralho. Era ódio, nojo, vontade de matar. As semanas passaram, ela disse que o amigo era gay e que não tinha estrutura emocional para ir ver show do Chico no Rio, fingi que engoli. Apaixonado, como sempre, fingi ou engoli pra valer, sei lá. E depois acabei esquecendo o vacilo. Mais um dentre os inúmeros vacilos dela. Mas o que eu quero dizer é que, apesar de tudo, eu havia ESQUECIDO A EXISTÊNCIA DA PORRA DO PEN-DRIVE.

Esqueci porque, além de apaixonado, também sou um escritor preocupado com o estilo. A "escrota" ou a "virtuosa" são e serão sempre, em tese, hipérboles. Ou pontos de partida para a construção de algo que poderia eventualmente ter uma personalidade ficcional ou simplesmente não chegar a lugar algum. Ou seja, estamos falando de um desabafo como poderíamos falar de nuvens que se transformam em tigres ou em inofensivas miragens de gatinhos, e que não significam absolutamente nada. Se o pen-drive, portanto, tivesse um destinatário, jamais poderia ter sido Ruína, mas o esquecimento ou a lata do lixo — fácil de entender: não fazia qualquer sentido o pen-drive chegar a ela simplesmente porque eu havia perdoado a pisada de bola e eliminado ou esquecido a possibilidade de traição, ou seja, esse pen-drive não existia, nunca existiu e jamais existirá porque afinal eu amo essa porqueira de mulher. Assim, o que significa aquele maldito pen-drive senão uma explosão de ódio, um amontoado de prejulgamentos e equívocos e mal-entendidos e conclusões sem pé nem cabeça?

Repito, e insisto. Não lembro de ter gravado o pen-drive, não lembro! E ela o aceitou como se fosse uma escova de cabelos, parecia hipnotizada. Eu também devia estar hipnotizado! Por que, depois de todas as merdas que aconteceram naquele final de semana, entregaria a ela uma carta-bomba que serviria de pá de cal e atestado de óbito da nossa história?

Enfim, eu poderia levantar todas as hipóteses racionais

sobre os fatos ocorridos no maldito final de semana, desde que ela me beijou no aeroporto até o momento em que, hipnotizado, lhe entreguei o pen-drive, como o farei logo adiante. Mas acredito que, por hora, somente o esgoto do sobrenatural têm as respostas adequadas para mim. Para que eu possa, inclusive, ser um pouco racional e tentar chegar a qualquer conclusão que não comprometa meu estilo. Porque se tem uma coisa que está me tirando do sério é o fato de escrever uma história cujo enredo absolutamente não me diz respeito.

Vou tentar ser racional, vamos lá.

15

Nunca tive grana, cinquenta e um anos de vidinha de quitinete, estava deslumbrado. Finalmente, depois de seis anos e três livros, vários chifres, encontros e desencontros, consegui convencê-la a ir pro Rio. Em vez de "tomá-la de assalto", avaliei — aliás, avaliamos — que teríamos mais chances se eu fizesse o tipo passivo. Difícil ser passivo com dinheiro no bolso, tentei e não consegui.

E não bastasse tive a ideia de jerico de misturar Campari com Cialis, vinho rosé, cerveja, uísque, camarão, marisco, siri, lula, caipirinha, Harley-Davidson e a putaqueopariu mais um caminhão de fetiches, idealização e felicidades e alguns percalços no meio do caminho — que imaginei irrelevantes e resolvi desconsiderar. Seguiu o baile. Dia seguinte acordo de pau duro, ela faz uma graça e arruma um jeito de se livrar de mim ao se fantasiar de tia Carmela em 1972. Aí o casal vai para a praia, ela e o selvagem da motocicleta. O veinho não disfarça o pau duro e não para de falar bobagem, mete não sei mais quantas cervejas e caipirinhas nas ideias, e pede mais uma cachacinha para rebater e duas porções de camarão ao alho e óleo — ele garante que macho que é macho não tira casca do camarão —, então engasga com a porra do camarão e ela vai dar um mergulho.

Sequência lógica da coisa, depois da caganeira verbal, vem a caganeira fisiológica. A mina cansada de tanta merda aproveita que o veinho tarado tomba em combate, e se pirulita para Copacabana. Consta que foi ao encontro de um casal de amigos gays em lua de mel. O veinho entra em surto. Na hora que ela chega em casa, quase às seis horas da manhã do dia seguinte, encontra um homem cego e enlouquecido devido aos ciúmes e a uma diarreia que esvazia o cérebro dele há mais de dez horas e o faz confundir uma mensagem de cobrança telefônica com a mensagem de uso pessoal do cartão de crédito, então ele lhe aplica uma esculachada homérica — e aí o final de semana vai pro saco.

Mas na cabeça do velhinho existe Santa Teresa. E na possibilidade de reverter a situação, ele acha que tem uma chance de recuperar a amada, e outra vez usa o mesmo repertório e comete os mesmos erros, idiota.

A mina entorna uma garrafa de cachaça, surta e parte em disparada pelas ladeiras de Santa Teresa. Ela o afasta com todas as forças do mundo. No dia seguinte, depois de uma longa sequência de abominações e desencontros, um esboço de reconciliação. Às vésperas do embarque, na antessala da despedida, um pedido de abraço. E o abraço. Esta, enfim, é a história nua e crua, e eu sinceramente preferia que fosse assim. Não há nada que se possa fazer diante da realidade dos atos, fatos e suas respectivas consequências. Final de papo, assunto encerrado.

Mas eis que no final da história existe um pen-drive. Que atropela os atos, os fatos e subverte completamente a resolução do encontro, que podia ou não podia ter um final feliz (isso é irrelevante e não vem ao caso): o problema é o pen-drive que, à revelia de um enredo que mal e porcamente se sustentava, elimina qualquer possibilidade de negociação diferente da realidade que impõe, excluindo, inclusive, as contingências do acaso. Como se fosse um corte arbitrário. Uma eliminação sumária do encadeamento e desdobramento dos atos, fatos e consequências, ou seja, da construção e da resolução inteligente (tanto faz para o bem ou para o mal) das coisas. Uma puxada de tapete estúpida e uma interferência tão grotesca que anula o encontro, modifica não somente o enredo como a autoria: ou seja, a partir do momento que o pen-drive aparece na história, deixo de escrevê-la para ser escrito por ela.

Não aceito isso, e fim de papo. Nem que fosse aquele surrado argumento de que toda carta necessariamente chegará ao seu destinatário eu aceitaria. Diferentemente dos personagens da famosa *Carta roubada* de Poe tão explorados pela psicanálise, eu conheço o conteúdo da carta (ou do pen-drive) e o repudio veementemente, não sou portador de significado algum, não através do meio que é o maldito pen-drive e nem da mensagem em si desprovida de conteúdo, não me interessa escamoteá-lo ou fazer qualquer uso político simplesmente porque o destino do pen-drive, ora *cazzo*, era a lata de lixo.

Isso quer dizer que não existe pen-drive, que eu nego a autoria dele, que ele não foi escrito. De maneira alguma, nunca, em hipótese alguma, o pen-drive deveria ter aparecido naquele quarto de hotel. E assim como repudio a existência do pen-drive, também me nego a acreditar que eu, logo eu, o entreguei nas mãos de Ruína.

Mas foi isso o que aconteceu.

E aqui, neste ponto, contra a minha vontade, entramos no reino do arbitrário. A partir de agora não somente repudio e abomino, mas me recuso a aceitar os desdobramentos daquilo que em momento algum esteve sob meu controle ou foi fruto de minha vontade. Aliás, os acontecimentos não fugiram somente ao meu controle. Ruína também foi solenemente ignorada e atropelada pelo arbitrário. Fomos atropelados. Eu, além de atropelado (isso me deixa puto), servi de títere do meu próprio infortúnio. E não foi só o episódio mais escancarado do pen-drive, pensando bem, todos os acontecimentos desde o beijo da chegada até o abraço de despedida no aeroporto seguiram o mesmo enredo pobre, limitado e desprovido de brilho, de modo que a única coisa que posso fazer em minha defesa é me recusar a subescrever uma história que absolutamente não me diz respeito.

16

Enviei a carta uma semana depois de ter acontecido a hecatombe. E junto, como consta na mesma, foram as sandálias de hippie e os CDs do Belchior que ela havia esquecido em casa.

Enquanto aguardava resposta, recorri a vários amigos. Primeiro, os amigos assombrados e crédulos que evidentemente concordaram com minhas teses mais esdrúxulas e despirocadas, porque eu precisava de pessoas mais malucas do que eu para provar a mim mesmo que não tinha ficado doido. Depois, procurei os céticos com o intuito de discordar deles, e, em discordando, usar um pouco da suposta sanidade que me restava e do raciocínio lógico para — igualmente — provar a mim mesmo que não tinha ficado maluco.

O louco é o sujeito que perdeu tudo, menos a razão — outra vez sou obrigado a citar a mesma frase de Chesterton.

Aí cheguei na Beth Lzt, intelectual brilhante e com um currículo acadêmico invejável, conferencista disputadíssima no Brasil e no exterior, uma pessoa que até então julgava a mais sóbria dos meus amigos, a mais sensata, cética e acima de quaisquer suspeitas e superstições, e foi ela quem bateu o martelo: macumba.

Tudo bem, macumba. Mas e as muitas outras vezes que Ruína havia pisado na bola? E os ares e os azares que respiramos desde o momento em que nascemos? Se for por aí, é tudo macumba. Atribuir o desastre do final de semana somente à praga da gordurubu (que foi forte, não dá para ignorar) é subestimar o potencial de escrotice e destruição de Ruína, muito antes de a gorda mandar a praga do aeroporto, a filha da puta já metia o chifre geral. O primeiro que levei foi em 2012.

Nunca vou esquecer das nossas primeiras fodas, Ruína, aliás, foi quem me achou no feicebuque e me chamou para sair, trepamos logo na primeira noite. E no dia seguinte também. Eu tinha 45, e ela 25 anos. O maridinho era um ano mais novo. No triângulo eu fazia o papel do coroa fodão que corneava um garoto que tinha idade para ser meu filho; é isso aí: tava tão entesado que cheguei a ir até Barueri atrás dela. De van. Acho que essa foi a foda mais reveladora de todas as fodas, a foda das fodas. Nos encontramos num hotelzinho fuleiro perto da rodoviária. Nossos corpos ainda não haviam esfriado da trepada, lembro até dos espasmos no abdômen de Ruína, o celular tocou: foi o tempo de tirar de dentro para ela pular da cama e atender o jovem corno do outro lado da linha. Ela de pé, pelada na minha frente. Combinaram de se encontrar no supermercado e seguir juntos para a pizzaria, onde a mãe dele e a filha os esperavam. Ela falou pra ele que ia acabar de etiquetar uns documentos e, logo em seguida, "meia horinha", os encontraria no lugar combinado. Com a naturalidade de um fantasma, me beijou na boca e disse:

— Atrasada, amor. Tchau.

O prazer que tive em cornear o papai de família que tinha idade para ser meu filho não é macumba? Quem é que macumbou o garotão? Eu é que não fui, aliás, só fiquei sabendo que ela era casada no minuto seguinte de nossa “estreia”. Ora, Ruína era a macumba, ela própria orgulhosa de sua condição, e mais de uma vez, me disse: “A magia negra sou eu”.

Bem, dali a meia hora pediriam uma meia mussarela, meia calabresa. A pizza, a pizzaria, a família feliz, a sogra, a filha vestida de princesa Disney e o garçom, nossos cinismos e psicopatias, afinal, o que não é macumba?

* * *

— Conheço um pai de santo ótimo. Atende às quartas-feiras... e também joga tarô, perto do metrô Armênia. Quer que eu marque uma hora pra você?

Caramba! Até a Beth Lzt tinha um pai de santo que a atendia às quartas-feiras perto do metrô Armênia. O mundo é macumba.

Beth me convenceu. O problema é que eu morava no Rio, e iria entrar em colapso logo depois de dizer pra ela que não tava a fim de ir pruma macumba nos arrabaldes do metrô Armênia, puta baixo-astral.

— E o charme, Beth? Será que o seu pai de santo não conhece ninguém aqui no Rio? Ou na Bahia? Na África? Onde é que o macumbeiro do Sarney atende?

Eu podia ir pra África, pra Exu, Codó! Mas pra estação Armênia do metrô?

— Pô, Beth! Estação Armênia não vai rolar, não.

Já em colapso, desarvorado e à deriva, enchi o saco geral, contei e recontei essa história de merda para um monte de gente, e cheguei no Edu Goldemberg. Era óbvio, Edu. Eu não aguentava mais remoer as lembranças do maldito final de semana, cada vez que olhava o mar a partir do terraço do “quarto da Rê” entrava em surto, pânico, vertigem.

Encerrei o contrato do apartamento na Barra, e me pirulitei pra Tijuca. Tijuca é sinônimo de Aldir Blanc, e Edu era amigão do Aldir, caramba. Uns meses antes, Jota Bê armou um encontro na casa do Edu, que morava na frente da Praça Saens Peña. O curioso é que, na época, eu não conhecia nem o Edu nem o Jota Bê, eles armaram uma mariscada na casa do dr. Goldemberg para finalmente largarmos a frescura virtual e partirmos para aquilo que — antigamente — os humoristas chamavam de "realidade". Resumidamente, foi isso. Lembro de ter visto umas velas esquisitas, e umas guias e figas muito bem, digamos, alinhadas e delimitadas em cima do armário da copa-cozinha. Também vi um serzinho vermelho preso dentro de uma garrafa de pinga. Pensei: é dos meus. Porra, além de fã, amigo e confidente do Aldir, macumbeiro. Edu ia resolver meu caso. Só faltou o Simas na mariscada que, no dia, teve um problema de última hora e não pôde comparecer. Outro amigo do Edu, Simas, que passei a admirar devido a uma entrevista que ele havia dado para *O Globo*, depois virou colaborador do jornal, o cara mandava muito bem nas crônicas, e tinha uma característica muito peculiar:

— Simas — revelou Edu ao pé d'ouvido — é meu pai de santo particular.

Ele fez questão de sublinhar: particular.

Fez uma pausa dramática, e completou:

— Me atende no bar do Momo.

Além de excelente cronista, pai de santo. Eis o cara, Beth. Charme a toda prova. Pai Simas atendia o Edu no bar do Momo. Marquei uma vez, e não deu. Marcamos outra vez, dessa vez na Lapa, e no último instante ele desmarcou. Não era pra ser. Mas era macumba. E agora?

Eu estava completamente perdido, desorientado, desesperado, varrido e louco e cheio de dinheiro no bolso.

Encontrei uma bruxa que atendia pelo feicebuque. Ela abriu o jogo para mim via skype, e achou melhor agendar uma audiência comigo ao vivo e em cores, em Lumiar.

Tinha lá seu charme, Lumiar de sempre do Beto Guedes, natureza e bicho-grilice pra valer. E mais um detalhe: o sobrenome italiano da bruxa destoava um pouco da paz idealizada pelo autor de "Amor de índio", ela podia perfeitamente ter migrado do Belenzinho no começo dos anos zero-zero e decidido sentar praça em Lumiar por causa de um pé na bunda jamais resolvido.

— Como é que você sabe?

— É que eu sou escritor e tenho o hábito de viajar na maionese.

Empatia total. Em princípio, ela ia abrir as cartas na casa de uma amiga, perto da praça. Mas como "rolou um clima", me convidou para ir até a cabana que alugava à beira-rio, longe pra caralho do centro de Lumiar. Duas coisas me chamaram a atenção: "uma mulher mais nova está na iminência de escolher um homem mais velho". Fiquei animadão, a bruxinha era bem ajeitada. E outra coisa: "uma mulher de grande poder, um anjo, uma feiticeira vai aparecer na sua vida". Putz, só faltou me pedir em casamento.

— Pô, meu! Para de viajar na maionese!

A novinha era Ruína mesmo. Mas quem podia ser a mulher de grande poder, a feiticeira que apareceria na minha vida como se fosse um anjo? Quem mais senão Valéria? Que meses depois — num quiproquó que tivemos, quando disse que Ruína era refratária às nossas macumbas, e me queixei do diabo — rebateu: "Satanás sou eu, reclama comigo".

Cartas abertas sobre a mesa, um futuro menos nebuloso pela frente. Que bom, ela disse que ia ficar tudo bem, e deu fome na gente. Eram quase três da tarde, partimos para o almoço. Clima ótimo, empatia e leveza; a bruxinha muito gente boa que, além de bruxa em tempo integral, também editava uma revista de MPB (seja lá o que isso queira significar) na internet. Dei uma espiada pelo celular, coisa de alto nível: uma entrevista com Maurício Carrilho e uma ótima matéria sobre chorinho, ela entendia do assunto e guardava uma expectativa muito grande com relação à entrevista que ia fazer com Eumir Deodato:

— O cara é genial! Nem mora no Brasil, vem fazer uma turnê no Rio, e aceitou dar uma entrevista pra minha revista, você acredita?

— Eu acredito, acredito sim. Acredito em tudo. Tenho outra opção?

— Não, não tem outra opção. Mas ó: uma vez ele disse que é exagero chamar Tom Jobim de maestro soberano, no máximo compositor soberano porque tinha preguiça de fazer arranjos; quero tirar isso a limpo!

A empolgação com a revista eletrônica, e com a entrevista agendada com o célebre Deodato meio que serviu para me tranquilizar, e sobretudo deu uma chancelada *mezzo* erudita às cartas que diziam que, muito em breve, a novinha ia escolher um homem mais velho para chamar de seu, eu.

— Vamos lá pra casa que vou passar um café pra gente.

Foi só abrir a porta da cabana para o cachorrinho voar em cima da mesa onde ela havia esquecido meu jogo aberto. Tinha um jarro d'água cheio de flores sobre a mesa (para a cigana que lhe prestava assistência) e que quebrou em mil pedaços. O baralho virou uma paçoca. Na sequência, gritos lancinantes de dor, sobretudo dor e depois desespero, como se o fogo de um edifício em chamas consumisse a carne e a alma da bruxinha de uma só vez. Eu nunca vi uma pessoa tão desarvorada na vida, nem Ruína ladeira-

-abaixo chegara a tanto, ela gritava com o cachorrinho mas evidentemente — ficou claro — dirigia-se a mim. Culpa minha, e eu não sabia onde meter a cara. Pedi licença e piquei a mula. No dia seguinte marcamos na pracinha de Lumiar. Ela ainda se encontrava em estado de choque e muito, muito reticente. Tentei perguntar quais as consequências e o significado do ocorrido. A bruxinha tergiversou até onde conseguiu, notou que eu estava preocupado, e disse:

— Agora tudo pode acontecer.

— O que eu faço?

— Volta pro Rio.

— E a consulta? Como é que acertamos?

— Não se preocupa, gostei de você.

Aí tive uma ideia. Claro, não ia recuperar o baralho dela nem melhorar muito o resultado do meu jogo, que no fim das contas, ficou no ar, incógnito, talvez ela tivesse uma resposta, mas se fechou em si mesma com receio de me falar o que devia ou o que não devia ser falado, tudo podia acontecer. E eu voltaria para o Rio mais perdido e desesperado do que havia chegado na Lumiar do Beto Guedes, fudeu. Fazer o quê? Ainda assim, achei que não devia ir embora e deixá-la naquele estado de tristeza, desamparo e perplexidade. Fiz uma proposta:

— Vou assinar a revista!

Sim. Ela procurava assinantes, e eu gostei muito do que li. Tinha interesse sincero nas matérias já publicadas, e também queria ver que bicho que ia dar a entrevista com Eumir Deodato. Voltei pro Rio. A assinatura mensal custava trinta reais. Pensei: vou assinar por dez meses, mandar trezentão pra ela, e oquei.

Dois dias depois ela envia uma mensagem me esculhambando de A à Z, dizia que não era mendiga e que não precisava da caridade de nenhum filho da puta. Que a consulta dela valia muito mais do que o dinheiro de um almoço, um supermercado e uma diária de hotel, que agora eu ia ter que me haver com a cigana (a do vaso quebrado) e que ela pretendia me devolver o dinheiro etc. etc. e mais um monte de pragas e impropérios absolutamente desconexos misturados com alhos e bugalhos e ameaças desproporcionais que fizeram com que eu me sentisse realmente culpado pelo fato de o cachorrinho filho da puta ter empastelado o baralho dela, eu não entendia mais nada: depositei o equivalente a dez meses de assinatura na conta pessoal da Bruxinha, e mesmo assim ela me execrou.

Tava fudido, e apavorado. Como se não bastassem a gordurubu, meu velho pai e mais vinte anos de literatura pesando nas minhas costas, agora tinha a bruxinha de Lumiar, que se juntava ao japonês & cia. ltda., atrás de mim. Fudido e apavorado, minha vontade era tomar a costeira em Belém do Pará e dar um pulo em Manaus, que a minha chapa, amor, há muito passara dos quatrocentos e dois graus, *bye-bye* sanidade.

Não me lembro de a bruxinha ter devolvido os trezentão, e juro que não compreendia mais necas de pitiritibas. Só me recordo de estar *mezzo* embriagado e chorando abraçado a um poste, e de topar com um cartaz que dizia o seguinte:

> "MACUMBA? Mãe Valéria faz e desfaz feitiços. Traz a pessoa amada aos seus pés etc. etc. Ipanema, rua tal, número tal."

Caraio, que endereço maluco é esse? Ipanema? E na quadra da praia?

17

— O Congá explodiu! Vem correndo pra cá!

— Hãã?

— Você ainda deve um elefante pro diabo. Eu sou a fiadora. Esqueceu?

— Hãããã?

— Perdi meu Congá! É a minha vida! Quarenta anos de candomblé! Não sobrou nada! Explodiu!

Teria certeza que era *um-sete-um* da parte dela, se eu mesmo não tivesse pressentido que o Congá ia explodir, que aquele lugar tinha um fluxo-refluxo muito esquisito, aliás já falei sobre isso: eu mesmo constatei que o ar empestado e as inhacas presentes, passadas e futuras que impregnavam os ícones não cabiam mais dentro de si mesmos, não só os ícones mas as palavras e sobretudo as intenções (décadas de macumbas) giravam num diapasão maluco, um lusco-fusco que mais realçava do que invertia os sinais do visível e do invisível, numa velocidade quase sólida e em expansão, etéreo tátil, como se os elementos da natureza, os conhecidos e os desconhecidos, trocassem de lugar, claro que ia dar merda. Eu sabia que o quarto ia voar pelos ares. Isso ficou muito claro para mim no dia em que Mãe Valéria me chamou no Congá com a finalidade de apavorar uma consulente folgada, lembro perfeitamente: ela pediu para a mulher olhar nos meus olhos, e me inquiriu sobre a existência do diabo: "Diz pra ela, Marcelo, o diabo existe?".

— Claro que existe, a senhora não está vendo?

Inexplicavelmente guardei o final da frase para mim: "A senhora não está vendo que isso aqui vai explodir?".

Nem Mãe Valéria soube que tive essa intuição, até que explodiu. Era questão de tempo. Isso é uma coisa. Outra é atribuir a explosão à minha dívida com o capeta.

— E tem mais!

— Hãããã???

— Daren teve de amputar três dedos do pé. Vem pra cá agora!

Daren é o feiticeiro moçambicano. Putaqueopariu, caraio! Quando ele deu a gravata no bodinho, e virou o bundão na minha cara, não tive alternativa: ou olhava praquele traseiro imenso ou olhava pro chão. E, assim, fui meio que obrigado a fixar o olhar nos pés do feiticeiro: além das unhas manicuradas, os dedos eram bem desenhados e delicados se comparados ao resto do corpo — detalhe que me chamou muito a atenção. Foi essa imagem, junto à imagem da cabeça do bodinho espetada no tridente, que ficou gravada na minha memória. Guardei comigo.

— Venha imediatamente!

18

Vendi a Harley por 30 mil, valia 50. Em dois dias consegui o valor em espécie, me estropiei todo, mas paguei o elefante que faltava e saciei todas as fomes do diabo.

Nunca neguei a dívida. Ele mesmo, ou Mãe Valéria, me disse que "ele daria condições" para que o pagasse...

— Ele é quem estabelece as condições, Marcelo. Será que agora você entende?

Sim, entendo porque tomei dois cagaços. Só eu é que sabia que o Congá ia explodir. Constatei *in loco* a devastação do quarto, como se um tsunami tivesse passado por ali. Não sobrou nada.

Porra, a macumbeira — do nada — vem me dizer que o cara perdeu três dedos do pé! E por que eu teria fixado o olhar nos pés do feiticeiro?

Não bastasse, guardo comigo a imagem dócil e amorosa da cabeça do bodinho que eu mesmo espetei no tridente do capeta. Isso podia significar qualquer coisa. Quais as consequências? Sei lá.

O que sei é que eu e Ruína tínhamos um filho para entregar ao mundo.

— O mundo, Marcelo, é um alqueire do inferno.

19

"Me desbloqueia do watz, Má."

Aquele maldito final de semana não acabou para mim. Não fiz outra coisa senão remoê-lo segundo a segundo durante longos meses, uma mistura de indignação com imobilidade. Até agora ninguém conseguiu me convencer de que não fomos, eu e Ruína, manipulados por algo ou alguma força que bordejava além da nossa compreensão; Mãe Valéria — inclusive e graças a Deus! — reforçou essa tese (macumba) e me depenou sem dó nem piedade, *comme il faut* — exatamente como dom Juanito havia profetizado. Vigarista, estelionatária. Acontece que se não fosse ela, hoje, eu não estaria apenas indignado e transido, mas morto ou internado num manicômio judiciário, portanto, só tenho a agradecê-la por ter me enganado nas justas medidas do meu desespero e ignorância. Obrigado, Valéria. Suas falsas promessas e vigarices, hoje, me cobrem de profunda vergonha e arrependimento, mas quando eu estava a perigo, foi você — não posso negar —, foi você que deu sentido para o meu desvario. A mentira acalenta. E a verdade, ora *cazzo*, a verdade liberta!

* * *

Ruína apareceu, linda, iluminada, como se onze meses tivessem se passado em onze minutos. Nada mais que o diabo fazendo a parte dele:

— Pede um bifão pra gente?

— Recebeu a carta?

— Obrigada, Má. Recebi sim, recebi as sandálias e os CDs do Belchior também.

— Desculpa, mil desculpas. Sei que você é ateia, cética... mas, acredite: não era eu. Como é que li a mensagem de cobrança da Oi, e achei que era um aviso de despesa pessoal do cartão de crédito? E depois o jeito como cobrei você, as mãozinhas. As palavras que usei, o corpo em pêndulo. Não era eu, era meu pai! Era meu pai, acredita? Magia negra, macumba! E tem a gordurubu!

— Tem o quê???

— Uma gorda macumbeira que mandou uma praga quinze minutos antes de o seu avião pousar...

— Que mané gordurubu? Pirou?

— Putz, até hoje morro de vergonha, me desculpa.

Então, ela sacou o celular da bolsa, elogiou o bife malpassado, e disse:

— Nada a ver, veinho! Pára de viajar! Também não tem nada a ver com seu pai, livra ele deste peso. Deixa ele ir, tá?

— Você nunca vai acreditar em mim...

— Acredito que você foi escroto. Mas eu fui pior: "La magia negra soy yo!". Olha isso aqui.

As selfies que tirou com o Gui XJ-6. O tal amigo que ela inventou que era gay e que vivia uma lua de mel em Copacabana — tudo mentira.

Ela mesma, com a maior naturalidade do mundo — como se fôssemos personagens de uma história que absolutamente não nos dizia respeito — me disse que foi ao encontro do XJ-6 enquanto eu cagava a alma na Barra da Tijuca.

— Ficou muito da hora essas fotos, dá uma olhada — a síndica responsável imitando o sotaque dos manos das quebradas, ela sabia que eu tinha tesão nisso, e engatou na personagem.

Eu fico pensando: que espécie de psicopata é Ruína? Que basicamente *atua* traindo quem a ama, na miúda. Eu ia escrever "se realiza na traição" mas não dá para falar em realização. Quem se realiza sabe que a conquista tem um valor que *male male* demanda um esforço. Ela não quer a cabeça do inimigo numa bandeja de prata, não têm conquistas a comemorar, não está nem aí para troféus, o esforço é apenas um movimento, igual à indiferença. Tudo para ela é indiferente, é uma alma de síndica de Cohab, morta.

Eu fico pensando: que espécie de psicopata sou eu? Aquele que *atua* escrevendo livrinhos geniais? Os livros nunca me curaram, nunca me trouxeram nada de bom, e odeio ser escritor, tenho vergonha de me declarar como tal, nojo, além do quê repudio meus "pares" e nunca me realizei com essa merda, queria ser qualquer outra coisa na vida, para mim é um azar ser escritor; pois bem, então que espécie de psicopata sou eu? O tipo que usa a grandiloquência e o amor como pretexto para disfarçar o profundo desprezo que sente pela humanidade? Um psicopata que ama? Sei lá. Sei que cada um dá o que tem. E no chumbo trocado a devastação devia ser a mesma. Eu pelo menos sinto na pele, envelheço, sofro pra caralho. Não sei dizer se esses sentimentos seriam álibis, mas acuso o golpe. Ela nem isso, parece até que quanto mais escrota, mais bonita e sedutora fica.

— Se liga, Bolota.

Às vezes ela me chamava de Má, outras vezes de Bolota, e depois deu para me chamar de "velho", "veinho".

— Olha aqui, veinho.

As selfies que tirou com XJ-6 na maldita noite da caganeira.

Ela e o verme, dois vermes, fazendo chifrinho na estátua do Drummond. Depois enfiando a língua na orelha do poeta, "ia rolar um picho, mas aí o XJ achou que podia dar B.O.". Conheceu o mano num bar de pagode perto de sua casa, em Barueri. Coincidiu de ele estar dando um rolê no Rio, entraram em contato via feicebuque: "No quiosque enquanto o veinho engasgava com o camarão, lembra?". Disse que não aguentava mais respirar o ar do apartamento da Barra, e aí foi encontrar XJ em Copacabana, "ficamos":

— *Diboas*, veinho?

— Por que XJ-6?

— É a moto do Gui, maior da hora. Não é moto de veinho, tá ligado?

O que eu podia fazer além de beijá-la?

Enojada virou o rosto, como se um Quasímodo ameaçasse lhe passar uma lepra. Imediatamente desincorporou o sotaque das quebradas — e ameaçou:

— Daqui pra frente somos apenas amigos, ou você entende isso de uma vez por todas, ou eu não vou ter problema algum em desaparecer por meses, anos, você sabe muito bem que sou capaz de desaparecer, não sabe?

Como se dissesse: cada segundo vai demorar séculos para você, e comigo vai acontecer o contrário, você se fode e eu rejuvenesço, ou você aceita minha amizade (indiferença) ou vai morrer depois de amanhã, asfixiado, entalado com meu nome em sua garganta, até a última golfada de ar, filho da puta.

Devolveu a carta que eu havia enviado por Sedex, e

disse que eu era louco. Depois tirou o pen-drive da bolsa, e falou: "Você vai precisar disso, toma que o filho é seu".

Nosso filho, o pen-drive.

— Tchau, estou mais do que atrasada.

20

Não posso reclamar do diabo. No final, meu pedido foi atendido. Ruína apareceu. O diabo fez mais do que pedi. O diabo foi além da ficção. Corrigiu a ficção. Trouxe para mim a realidade. Um lugar onde os sacrifícios e os milagres, a magia e a transcendência não contam. Um lugar onde nem o próprio diabo, pobre diabo, vale grande coisa.

Assim ela voltou. Ruína do jeito que sempre foi; um pouco lírica e debochada, filhadaputa, insensível, escrota, linda. A mulher que sempre iria me trair e trair a si mesma. Até quando — por acidente ou descuido — estivesse me amando ou se odiando (o que dava na mesma) ela iria trair; essa era e será a única certeza, a natureza dela, a traição.

Eu e Ruína éramos quase que feitos do mesmo material.

Isto posto, e uma vez que o diabo fez a parte dele, só me restava pedir a Deus que tivesse piedade da maçaroca confusa e xarope que eu — depois de tudo ainda me atrevia a chamar de alma, "minh'alma".

* * *

No pen-drive, um livro recém-iniciado — em avançado estado de decomposição, digamos assim. Com cinco opções de títulos, e algumas anotações sobre uma mulher escrota, psicopata, autossabotadora e cheia de charme. Relendo, notamos, eu e o diabo, que podíamos ter incluído mais um título e alguns capítulos naquele cadáver que pedia para ser ressuscitado.

No problem, o faremos agora. Só lamentamos que não tenha dado tempo de a "Escrota", apesar da agenda lotada (leia-se: reuniões de condomínio, boletos atrasados, chavecos no Tinder etc. etc. etc.), enfim, uma pena que as escolhas equivocadas no contexto de uma vida de merda tenham impedido Ruína de tomar conhecimento do nosso plano: talvez aprovasse a iniciativa e nos ajudasse na escolha do sexto título e na construção de uma certa *per-so-na-gem*... ou não, sabe-se lá.

O que sabemos é que, às vezes ou quase sempre, Deus escreve certo por linhas tortas, e os homens e o diabo editam o material, falsificam os dados, produzem obras magníficas & erros crassos e igualmente notáveis.

Bem, chega de lero-lero. Vamos aos títulos!

Allez au diable — por que não mandar para o inferno em português? O título é ótimo, mas é muito metidinho, então, foda-se o título, vai tomar no cu, pro diabo que o carregue.

Na praça matriz do meu coração, o diabo — o coiso entregou meu coração de volta no lugar de Ruína, ora: ego e coração não cabem dentro do mesmo peito, próximo:

Na praça matriz do meu coração, ninguém — é bom, mas a vírgula no título atrapalha, me incomoda.

Quanto custa um elefante? — caro pra caralho, mas eu pago o que for preciso, pago pra ver! Se for o caso, dobro a aposta!

As fomes do diabo — sim, ele é faminto, mas saciável e desinteressado: o diabo sabe que, miseráveis, não temos quase nada a lhe oferecer, nem aqui e muito menos nos quintos dos infernos — título de livro???

— Ah, vai exaltar a casa do caralho.

Título sugerido e revisado pelo diabo, e aprovado por mim com ressalvas inconfessáveis e nada literárias:

Quem ama não pechincha — tão bonitinha e inconsciente, pediu "xixi". Então, eu e o ruivo, o cara que me ajudou a levá-la para o hotel em Santa Teresa, a estupramos; não bastasse, ainda tive que morrer numa puta grana para silenciá-lo, para fingir que nada daquilo era verdade, que tudo não passou de um grande equívoco, uma alucinação, uma linda e amaldiçoada história de amor que não deu certo, e que nunca deveria ter sido escrita.

SOBRE O AUTOR

Marcelo Mirisola nasceu em São Paulo, em 1966. Publicou os livros *Fátima fez os pés para mostrar na choperia* (contos, 1998), pela Estação Liberdade; *O herói devolvido* (contos, 2000), *O azul do filho morto* (romance, 2002), *Bangalô* (romance, 2003), *Notas da arrebentação* (2005), *Memórias da sauna finlandesa* (contos, 2009), *Hosana na sarjeta* (romance, 2014), *A vida não tem cura* (romance, 2016) e *Como se me fumasse* (romance, 2017), pela Editora 34; *O banquete* (com Caco Galhardo, 2005), pela Barracuda; *Joana a contragosto* (romance, 2005), *O homem da quitinete de marfim* (crônicas, 2007) e *Animais em extinção* (romance, 2008), pela Record; *Proibidão* (2008), pela Demônio Negro; *Charque* (romance, 2011) e *Teco, o garoto que não fazia aniversário* (com Furio Lonza), pela Barcarolla; *O Cristo empalado* (2013) e *Paisagem sem reboco* (2015), pela Oito e Meio. Em 2016 *O azul do filho morto* e *Bangalô* foram publicados em Portugal pela editora Cotovia.

Este livro foi composto em Minion
pela Bracher & Malta, com CTP da
New Print e impressão da Graphium
em papel Pólen Soft 80 g/m² da Cia.
Suzano de Papel e Celulose para a
Editora 34, em março de 2020.